# CONSOLAÇÃO

## betty milan

# Obras da Autora

**ROMANCE**

*O sexophuro*, 1981
*O papagaio e o doutor*, 1991, 1998 (França, 1996; Argentina, 1998)
*A paixão de Lia*, 1994
*O clarão*, 2001 (Finalista do Prêmio Passo Fundo Zaffari & Bourbon
de Literatura)
*O amante brasileiro*, 2004

**ENSAIO**

*Manhas do poder*, 1979
*Isso é o país*, 1984
*O que é amor*, 1983; *E o que é o amor?*, 1999
*Os bastidores do carnaval*, 1987, 1988, 1995 (França, 1996)
*O país da bola*, 1989, 1998 (França, 1996)

**ENTREVISTA**

*A força da palavra*, 1996
*O século*, 1999 (Prêmio APCA)

**CRÔNICA**

*Paris não acaba nunca*, 1996 (China, 2005)
*Quando Paris cintila*, 2008

**COLUNISMO**

*Fale com ela*, 2007

**INFANTIL**

*A cartilha do amigo*, 2003

**TEATRO**

*Paixão*, 1998
*A paixão de Lia*, 2002
*O amante brasileiro*, 2004
*Brasileira de Paris*, 2006
*Adeus, Doutor*, 2007

# CONSOLAÇÃO

## betty milan

EDITORA RECORD

RIO DE JANEIRO • SÃO PAULO

2009

CIP-BRASIL. CATALOGAÇÃO-NA-FONTE
SINDICATO NACIONAL DOS EDITORES DE LIVROS, RJ

M582c
    Milan, Betty, 1944
        Consolação / Betty Milan. – Rio de Janeiro: Record, 2009.

        ISBN 978-85-01-08657-0

        1. Romance brasileiro. I. Título.

09-2296.                          CDD: 869.93
                               CDU: 821.134.3(81)-3

Copyright © Betty Milan, 2009

Projeto Gráfico: Luiz Stein Design
Equipe LSD: João Marcelo e Joana Borsari
Ilustração: LSD

Composição de miolo: Abreu's System

Preparação de texto: Mirian Paglia Costa

Fotos de miolo e da autora: Oswald

**EDITORA AFILIADA**

Texto revisado segundo o Novo Acordo Ortográfico
da Língua Portuguesa.

Direitos exclusivos desta edição reservados pela
EDITORA RECORD LTDA.
Rua Argentina 171 – Rio de Janeiro, RJ – 20921-380 – Tel: 2585-2000

Impresso no Brasil

ISBN 978-85-01-08657-0

PEDIDOS PELO REEMBOLSO POSTAL
Caixa Postal 23.052 - Rio de Janeiro, RJ - 20922-970

*à memória de Rachid Milan
e de Alain Mangin*

*"santos os mendigos
desconhecidos sofredores e
fodidos/ santos os horrendos
anjos humanos!"*

**Ginsberg,** *Uivo*

# ADEUS

Você deixa o Brasil e se casa em Paris com o homem dos seus sonhos. Vinte anos depois — vinte anos... isso não é nada — o corpo está num caixão. Vestido de *smoking*, conforme o último desejo. Para você se perguntar se a vida para ele foi uma festa ou se a grande festa é a morte.

O que me deixa inconsolável é o sofrimento de Jacques. Impossível convencer o médico a abreviar a agonia. Como se escolher a hora da própria morte não fosse um direito de quem não pediu para nascer. Como se fosse humano deixar que o homem se degrade até se tornar um encefalopata diante de todos. Um demente, Deus meu!

Imobilizado no leito do hospital, Jacques delirou até entrar em coma. "— Cuidado, os alemães vão te pegar", ele dizia para Alex, numa última tentativa de proteger o filho. "— Os nazistas são capazes de qualquer coisa. Nunca dê o seu endereço a ninguém." Ou, voltando-se para mim: "— Por que você não vai ao cinema, Laura? Vai tomar um drinque em vez de ficar no quarto. Tem um bar no andar de baixo. Aqui, neste hotel, tudo é de primeira."

Depois, já em coma, arfou até morrer diante dos nossos olhos, martirizando-nos com sua presença ausente e a inspiração abrupta, um corpo que já não pertencia a ninguém e ainda não era o de um morto.

Por que fomos obrigados a passar por isso?

—Metástase no fígado, me diz Jacques no telefone. Como se um marido pudesse contar isso para a esposa assim, sem mais nem menos. Não pode, mesmo quando é médica.

*Metástase no fígado.* A frase explode no meu ouvido.

— O que significa isso, Jacques?

Só ouço o silêncio. A perna esquerda treme, desgovernada. Aperto o joelho contra a parede e continuo no telefone. Acaso se trata de mais uma das fantasias de Jacques, que sempre se comportou, no dia a dia, como se estivesse no teatro? Confundir a realidade com a imaginação é uma forma de loucura. Sei disso. Mas sempre gostei de vê-lo entrar em casa como se entra em cena — como o suntuoso Jacques B., cabelos prateados e traços femininos, o Narciso em quem eu me espelhava. Fui cúmplice da loucura. E daí? O mundo não é um teatro de loucos? Ele que se comportasse como bem entendesse. Como um galã ou um vilão. Neste caso, era só não dar ouvidos.

— O que aconteceu, Jacques?

— Aconteceu que eu tenho uma metástase no fígado, Laura.

O tom é de padre dando a extrema-unção.

— E você sabe disso como?

— Porque o radiologista falou, ele viu na radiografia.

— Não é o radiologista, é o clínico que dá o diagnóstico. Vamos lá.

— Por que "vamos"? Vou sozinho.

*Metástase. Me-tás-ta-se.* A palavra ressoa, não para de ressoar. Ouço *metáfora, metonímia...* a professora de português. "— Quem sabe o que *metástase* significa levanta a mão." "— Sei, eu sei. Significa atribuir a responsabilidade a um outro." Mas não foi nesse sentido que Jacques usou a palavra.

Nada é pior do que o diagnóstico de um tumor à distância. Metástase do câncer de pulmão que eu não parei de prever e não pude evitar. Por nada ele deixou de fumar. À maneira de um galã dos anos cinquenta, e, durante cinquenta anos, fumou. Como se a fumaça fosse uma aura.

O que me resta senão suportar e não morrer com Jacques, que dizia: "— Fumar mata, eu sei. E viver, não mata? Melhor teria sido não nascer. Minha mãe me infligiu a vida." Dizia isso, acrescentando à última frase o nome do seu autor: Chateaubriand.

O telefone novamente. Jacques foi internado. Vou para o hospital, saber do que ele precisa. De táxi eu não chego... melhor de metrô. Dez minutos para ir até a Place de la République. De lá eu sigo para a Porte de Saint-Ouen... Hôpital Bichat.

Por que será que Jacques foi para esse hospital? Bichat, anatomofisiologista, eu li na faculdade. Para ele, "a vida é um conjunto de funções que se opõem à morte." Nunca entendi essa definição. Prefiro a de que Jacques gosta: "A vida não passa de uma sombra ambulante." *A walking shadow...* A frase de Shakespeare agora ficou clara.

No Jardin du Temple, os patos no lago continuam indiferentes à própria sorte. As árvores de outono se despedem da copa, exibindo folhas amarelo-translúcido-cintilantes, quase irreais. Também há folhas cor de ameixa, cor de limão e de caramelo. Outras que evocam o verão, verde-opacas.

Pelos tantos chineses nos bancos e os outros tantos se exercitando no *tai chi chuan*, o jardim mais parece um reduto da China. Duas velhas fazem a marcha do gato, levantando o pé e se apoiando no calcanhar. Mais leveza é impossível. De dar inveja em quem se arrasta para o hospital. Um jovem chinês faz o vinte e quatro, esfrega as nuvens, penteia a crina do cavalo, pega o passarinho no ar. O mestre corrige sem dizer nada. Mostra ao aluno o movimento certo. Só fala quando ensina um exercício novo: "— Com esta mão você afasta o adversário e com esta você se protege… Utiliza a força do outro para fazer o outro se desequilibrar." Afasta o adversário com a mão... Se eu pudesse afastar a doença assim.

Onde está a Porte de Saint-Ouen? O tamanho da letra no mapa é minúsculo. Merda! Além de tudo, eu não enxergo bem. Com a notícia da metástase, a vista baixou ainda mais. Por sorte, quem procura acha. De République para Gare Saint-Lazare, direção Pont-de-Sèvres. De Saint-Lazare para Porte de Saint-Ouen, direção Saint-Denis.

— Salada nesta lata de lixo? Será que tem?, se pergunta o *clochard* em frente ao metrô. — Uma salada e até um garfo.

O homem tira uma caixinha de plástico e deixa a lata aberta. Garfadas tamanhas que ele engasga. Vomita na calçada. Limpa a boca com o dorso dos dedos. Depois, esfrega na camisa. Funga, arrota e protesta: — Vou ter que começar tudo de novo… puta que pariu!

Parece até que estou em São Paulo. A cada esquina, um sujeito que escarafuncha o lixo. Mexe, remexe, tira uma coisa, joga, tira outra, xinga, não é exatamente o que ele quer. Só que lá não é *clochard*, é pobre, se é que a diferença ainda existe.

Desço na Saint-Ouen e vou andando. Funerárias dos dois lados da rua, *Pompes Funèbres*, caixões, placas para o túmulo, *corbeilles* de rosas brancas ou vermelhas, *repousa em paz* ou *eu te amo*. Do enterro, Jacques não falou no dia do casamento. Ninguém fala, é só festa, vestido de noiva, buquê e bolo de coco. Vestido de noiva ele não quis, porém exigiu que não houvesse preto na roupa, nem um só botão, nem um fio de linha. Nada que evocasse o fim.

Na recepção do hospital, fico sabendo que ele desceu para o oitavo. Por quê? Desistiram de tratar? Pudesse eu ir embora. Como se não fosse comigo. Mesmo porque não pode ser comigo. Impossível que seja. O elevador sobe rangendo. Ouço o grito da gaivota quando ele para no sétimo andar, o grito trágico. Será que apertei o botão errado? Ninguém entra, mas todos me encaram. Ou talvez seja só imaginação.

No oitavo, eu desço e procuro o quarto. Fica no fim do corredor, longe do elevador. Ao me ver, Jacques se senta de cueca na beira da cama… uma faixa amarrada na perna. Por que isso? Depois, como se nada houvesse, fica balançando os pés. De tão magros, parecem duas meias penduradas num varal. Finjo que não vejo a mancha roxa no seu rosto e pergunto: — Que tratamento os médicos vão fazer?

— Estão estudando o meu caso.

— Como assim?

— Fizeram uma radiografia do esôfago e não acharam nada. Vão fazer de novo, não sabem o que eu tenho.

— Vão fazer de novo quando?

— Não sei, Laura. Não consigo comer e você aí me fazendo perguntas.

— Não consegue por quê?

— É só comer e eu vomito.

Jacques afunda a cabeça no travesseiro, vira para o outro lado e se fecha em copas. Só me resta falar com a médica, que infelizmente não está. Com o plantonista não adianta. Atravesso o corredor sem ver o que olho e sem saber do meu corpo, que ficou no quarto.

Na manhã seguinte, o mesmo caminho do hospital. Com o filho, agora, com Alex. Porte de Saint-Ouen e a rua das funerárias. Cada uma parece me dizer: "Escolha um caixão." ,Vontade de sair correndo, escapar da imagem que me assalta. Jacques de *smoking* no caixão. Vestido para uma festa da qual só participará com o próprio cadáver. Só o seu desapego pela vida me consola. Para Jacques, pouco importa morrer cedo. O envelhecimento não é compatível com a desmesura de que ele sempre precisou para viver.

Na porta do hospital, Alex pega a minha mão e aperta na dele.

— Não, mãe... eu não quero entrar.

Não quer, claro... quinze anos, um garoto. Mas precisa ver o pai, não pode ficar aqui.

— Vem, querido, eu entro primeiro e você espera até eu chamar.

O quarto se encontra no escuro, mas Jacques percebe que eu entrei.

— Laura?

— Eu, sou eu.

— Abre um pouco a cortina.

Abro. O cabelo de Jacques, que sempre foi branco, está amarelo. Por si só, de tão bem cuidado, era uma festa. Com a luz do dia, o que eu vejo é o descuido, a doença. Respiro e pergunto se Alex pode entrar.

— Claro.

— Me diz antes como você está, Jacques.

— Ótimo. Um campeão olímpico. Pode crer. Três nódulos no esôfago...

— Que nódulos são esses?

— Não sei.

— O que o médico disse?

— Os exames ainda não estão prontos. Mais alguma pergunta, Doutora?

— O médico devia ao menos ter dito...

— Devia, devia...

— Conheço os meus colegas, eles sonegam a informação. O poder é o poder. Sem o segredo, ele não existe.

— Não delira, Laura, eles estão cuidando bem de mim. A médica já veio me visitar duas vezes e o interno vem todos os dias. O meu filho... diz para ele entrar.

Do lado de fora, Alex está sentado com a cabeça entre as mãos. Chamo e ele me olha, desconsolado. Depois, entra, o passo precavido.

— Bom dia, filho. Você vai bem?

— Bem é exagero.

— O que é que você está estudando?

— A guerra de 1914. O governo francês requisitou o ouro das famílias para financiar a guerra...

— Verdade, e foi a causa da tragédia da mãe do meu pai. Deu o seu ouro todo, e, em 1918, o marido morreu de gripe espanhola. Ela ficou sem nada... teve que voltar para a casa dos pais.

— Você sofreu com a guerra?

— Tive sorte durante a Segunda Guerra. Estava no sul da França quando a coisa começou. Tinha três anos e o seu tio, dois. Mamãe andava vinte quilômetros de bicicleta, todo dia, para trazer o queijo e os ovos. Vovó plantava as verduras e os legumes. Tudo era feito em casa, inclusive a linguiça, o presunto e o patê. Vivíamos com medo. Mas os alemães só chegaram em 1942. Os padres do colégio, onde estudávamos, foram avisados de que ia passar a Divisão Charlemagne, uma divisão SS, que vinha do sul em direção à Normandia. Tinha cometido várias atrocidades.

— Quais?

— Cinquenta pessoas enforcadas em Tulle para aterrorizar os *maquis*. Trancaram as mulheres e as crianças numa igreja e puseram fogo... Oradour. Isso, depois de terem fuzilado os homens e queimado as casas. Os padres do colégio nos acordaram, no meio da noite, e nos levaram para um lugar onde os alemães não tinham como chegar. Pernoitamos no bosque. Quando a divisão entrou no colégio, perguntando pelos alunos, o único padre presente disse que estavam todos numa excursão. Fomos salvos assim.

— Quem mais na família sofreu por causa da guerra?

— Em 1914, meu avô alsaciano, o avô materno, desertou e foi preso.

— Desertou do exército francês?

— Não. A história é complicada, Alex. Desertou do exército alemão. A Alsácia pertencia à Alemanha e os alsacianos eram obrigados a lutar do lado dos alemães. O meu avô, que era francês de coração, desertou com a ideia de se engajar no exército francês. Não conseguiu.

— Por quê?

— Tiveram medo de que o meu avô fosse um espião.

— E daí?

— Ele foi parar num campo de prisioneiros, ficou dois anos.

— Teve a coragem de desertar e foi tomado por um espião!

— Guerra é isso, Alex.

— E na Segunda Guerra Mundial? O que aconteceu na família?

— Morreu um primo meu... por ironia da sorte. Estava em Londres e voltou para ajudar a mãe. Foi capturado pelos nazistas.

— Verdade?

— É... Obrigado a se integrar no exército alemão e enviado para o fronte russo. A última carta dele veio da Pomerânia Oriental. A mãe quase enlouqueceu. E teve ainda um tio que escapou dos alemães, pulando no lago de Constança. Foi perseguido por uma patrulha e só se salvou por ser um grande esportista. Atravessou o lago a nado no inverno. Podia ter tido uma hipotermia e morrer. Conseguiu chegar na fronteira da Suíça. Aí, teve a sorte de ser ajudado por um guarda da fronteira.

— Como foi?

— O guarda estendeu o fuzil. Meu tio se agarrou na ponta e o suíço puxou até que ele conseguisse sair. Depois, o tio voltou clandestinamente para a França e se tornou chefe de um *maquis* alsaciano, um combatente.

— Um herói de guerra, pai.

— Uma vítima, digo, evitando o lirismo. — Sofreu como os outros na família do seu pai. Seja como for, família nenhuma escapa. O meu pai morreu de câncer quando eu tinha vinte... morreu com menos de cinquenta. Foi radiologista na época em que não existia proteção contra raios X.

— Não existia proteção?

— Não, Alex. No Brasil, não.

— Uma tragédia, murmura Jacques, deitando-se novamente.

Sei do esforço que ele fez para estar presente. E sei também, depois da conversa, que nunca houve nada a fazer para que Jacques parasse de fumar. Podia um descendente de heróis temer a morte? "— O cigarro mata mesmo? E daí?" Foi educado para enfrentar a morte... fazer pouco do perigo. Não foi para a guerra, mas também morreu por causa dela.

A visita é suspensa durante dois dias. No terceiro, a médica telefona.

— Aqui fala a médica responsável pelo seu marido. Do Hospital Bichat. Os exames já foram feitos e a senhora pode vir quando quiser. No horário de visita, claro.

— Obrigada, vou hoje mesmo.

Vestido claro e maquiagem delicada... discreta e luminosa para a visita. Como se estivesse sendo esperada! No quarto, Jacques dorme e ronca, tomando soro na veia. Ao me aproximar, percebo que está com uma sonda gástrica e a mancha roxa na bochecha aumentou. Passo repetidamente o dorso da mão na sua testa.

— Você, Laura?

— Eu, claro. E você?

Depois de um longo silêncio: — Câncer no esôfago.

— O quê?

— Um segundo câncer. Só eu seria capaz deste prodígio...

*Prodígio...* ele agora faz pouco de si mesmo. Não sei o que dizer. Bendigo a chegada de Yves no quarto. O irmão.

— Bom dia, Jacques.

— Aqui não tem bom dia, Yves. Não perca o seu tempo comigo. Não vale a pena ficar. E vê se leva Laura com você.

Yves fica petrificado na porta do quarto. Até a enfermeira entrar esbarrando nele e já dizendo: — Você precisa sair. Você e ela. Os dois. Ou eu não faço a toalete do doente, a barba, a higiene bucal. Ele não quer? Quer, afirma ela, voltando-se com um sorriso inoportuno para Jacques.

Nós saímos. Quem ousaria contrariar a enfermeira do Hospital Bichat? No corredor, Yves me diz em voz baixa: — Meu irmão quer ser enterrado de *smoking*.

— Sei disso.

— E tem mais... com o rosto voltado para o leste, Laura.

— Como assim? Não entendo.

— O corpo deve ser disposto no túmulo de modo que o rosto esteja voltado para o leste... os alemães vêm de lá.

Não teria acreditado no que ouço se não conhecesse o meu marido. Tomou mais uma vez a realidade por um teatro, transformando o espaço do cemitério no cenário de uma peça, distribuindo os papéis e marcando a posição dos atores. "Você a leste e eu voltado para você. O invasor alemão aí, o francês da Alsácia aqui. Frente a frente. Para que eu possa vingar o avô, a avó, o tio..."

Mas será mesmo que Jacques quer se vingar ou será que ele se vale da própria morte para lembrar que a guerra não deve ser esquecida?

Os médicos não vão fazer quimioterapia. Dou graças. Só o que faltava seria prolongar a vida de quem sempre ridicularizou os que se acovardam diante da morte. "— Um minuto, pelo amor de Deus, senhor carrasco." Antes de ser guilhotinada, Madame du Barry pediu um minuto.

O que eu desejo é o fim da agonia. Sei o que fizeram no hospital com outro canceroso que entrou em coma. Um câncer de estômago. Seis semanas com oxigênio e morfina. Para o médico examinar os órgãos todos, o fígado, o pâncreas, o intestino...

Estou no banho quando a Doutora telefona. Ouço o recado na secretária eletrônica: — Melhor não vir hoje. O seu marido está agitado. Inclusive tirou a sonda gástrica.

Se o doente tira a sonda é porque está agitado. Não ocorre a eles que Jacques pode simplesmente não querer mais, que a paciência tem limite. Vou amanhã cedinho... ele não pode passar pelo que o outro canceroso passou. O corpo dele ninguém vai cortar e suturar, cortar e suturar... isso eu não quero.

Na primeira hora, eu sigo para o hospital. O filho está comigo.

— Não entendo por que os médicos prolongam assim a vida da pessoa, me diz Alex, pouco antes de chegarmos. A isso, ele acrescenta no corredor: — Se o pai tirou a sonda, é porque ele não quer mais viver.

Exatamente o que eu penso. Como é possível? Nós dois jamais conversamos sobre o assunto. Não sei o que responder. Pego na sua mão e aperto até entrarmos no quarto.

Jacques não se dá conta da nossa presença. Segue atentamente, com o indicador no ar, algo que só ele vê. A cabeça acompanha o dedo e se volta para a porta, onde nós, surpreendidos, permanecemos imóveis, esperando que ele nos veja. Alex enfim se aproxima do pai, que se assusta, porém logo diz: — Belo menino.

Alex conta do estágio que conseguiu.

— Um estágio? Cuidado, hein... Não dê o seu endereço a ninguém. Nunca esqueça que os alemães fuzilam sempre na mesma hora... a precisão é tamanha que a hora do fuzilamento serve para acertar o relógio.

Desconsolado, o meu menino beija o rosto do pai e se afasta. Fico eu ao lado da cama.

— Onde é que nós estamos, Laura? Para onde vamos?

— Descansa, digo, acariciando a sua cabeça. Até que ele durma. Deixo Alex aterrado e saio à procura da Doutora. Está no Centro de Atendimento, sozinha.

— Bom dia, Doutora.

— Bom dia. A senhora é?

— Laura, Doutora Laura B... sua colega.

— Seu marido está com insuficiência renal e insuficiência respiratória. Por causa da infecção...

— Sei das insuficiências pelas sondas, mas que infecção é esta?

— Pulmonar... nós já estamos dando antibiótico.

— Antibiótico? Como assim? Jacques não quer mais continuar, não aguenta mais ... Não foi por acaso que ele tirou a sonda.

— Porque está agitado.

— Não, ele tirou a sonda porque não tem mais esperança... sabe que não vão fazer quimioterapia.

— Seja como for, ninguém aqui está fazendo nada para prolongar artificialmente a vida do seu marido... deixar de tratar eu não posso.

*Ele está agitado.* Não, não está, Doutora. *Ninguém está fazendo nada.* Está, sim. O antibiótico então não é nada? Prolonga a vida. Onde está a cabine telefônica? Vou telefonar já para Yves, ele é advogado, pode me ajudar.

— Yves? Sou eu. A Doutora está dando antibiótico para o seu irmão.

— E daí? O que você queria que ela fizesse?

— Que ela suspenda o tratamento contra a infecção. Quanto menos a agonia durar, melhor. Você sabe o que Jacques e eu pensamos disso. Sempre fomos contra o prolongamento inútil da vida.

— Sei. Mas a médica pode ser acusada de eutanásia, Laura.

— Isso não é eutanásia... Suspendendo o antibiótico, ela não estará fazendo nada para o seu irmão morrer... estará apenas deixando de manter Jacques vivo artificialmente.

— O que você está pedindo se chama eutanásia passiva. A suspensão de todos os remédios, com exceção dos paliativos, é eutanásia, sim. A Doutora pode ser punida por omissão de socorro e até por homicídio.

— Deus! Estou simplesmente pedindo para ela parar com o furor terapêutico. Você é advogado, eu sou médica. Nós temos o direito de não tratar quando não adianta. No caso de Jacques, não se trata de omissão de socorro. Porque a morte dele é certa. Só se pode falar em perigo de morte quando a morte pode ser evitada. Três nódulos no esôfago, além das metástases no fígado, insuficiência respiratória e renal...

— Mas o coração bate e ele não está em coma, Laura.

— Coitado. Ninguém merece ter consciência da própria desagregação, sobretudo ele, que sempre teve horror a isso. Você sabe, Yves. Não entendo por que o seu irmão não fez um testamento para impedir o furor terapêutico

— Na França, ninguém pode fazer esse tipo de testamento.

— Nos Estados Unidos pode. Se eu soubesse que a médica ia dar antibiótico, teria levado Jacques para casa. A dose certa de morfina e esse sofrimento acaba...

— Isso dá cadeia, Laura. A eutanásia ativa é punida aqui na França com trinta anos de reclusão.

Desligo o telefone revoltada. Vou buscar Alex, que ficou no quarto. Sentado ao lado da cama, ele segura ternamente a mão do pai. Ponho a minha em cima da sua e nós ficamos assim até o fim da visita.

Na rua, meu filho se abre: — Esperei até agora que o pai me desse uma prova de amor.

— As provas são para os atletas, filho. O amor dispensa provas.

— Dizer que a gente ama é importante, mãe... ele nunca me disse.

— Porque foi educado para ser herói de guerra, e não para fazer declaração de amor...

Durmo e acordo com a palavra *eutanásia. Euthanos...* a boa morte. Por que a boa morte é proibida? Por que a lei obriga o homem a sofrer? *Gemendo e chorando neste vale de lágrimas.* Mais que isso: Bendizendo a nossa dor. A dor é o castigo bendito de Deus... ela expurga o pecado do sexo. A mulher que amaldiçoasse as dores do parto era condenada à fogueira pela Inquisição.

Jacques não pode comer, beber, urinar e respirar naturalmente. Sabe que não há mais nenhuma esperança e não quer continuar. Seria tão fácil liberar Jacques... Basta recusar o furor terapêutico. Mas a Doutora tem medo. Por que isso? Ninguém está aqui para denunciar quem quer que seja. Não tenha medo, Doutora.

Pouco depois do café, o telefone toca, é Yves.

— Estou indo agora para o hospital. Quer vir comigo?

— Quero. Passa daqui a meia hora.

Quando entramos no quarto, a enfermeira acaba de fazer a enésima higiene bucal. Enxuga bruscamente o lábio inferior de Jacques, cuja mucosa se desprega e fica grudada no lenço de papel. Fecho os olhos exasperada.

— Isso não é nada. Acontece todo dia, me diz a enfermeira, depois de dar um tapinha no maxilar inferior de Jacques, que pende mais para a direita. Ela enfim sai e eu acaricio o rosto cavernoso e o dorso da mão, que ele abre e fecha para me saudar. Antes de esticar o pescoço como quem procura alguma coisa.

— O que há querido?, pergunto, com medo do olhar assustado dele.

— A enfermeira...

— Você quer que eu chame?

— Quero que ela não cuide mais de mim.

— Vou tratar disso, prometo.

Falo vendo que a boca dele sangra e lamento a nossa sorte. Ele, pregado no leito, eu não podendo parar de ver esta mesma cena.

Sem mais nem menos, Jacques levanta o braço e sua mão pende como uma luva.

— Você não está nada bem, meu irmãozinho, diz Yves. De tão magro, parece o Quixote, o Cavaleiro da Triste Figura, mas eu vou cuidar de você.

Uma voz do além, Jacques inesperadamente responde: — Sobretudo, não esquece do que eu pedi... o meu rosto voltado para o leste.

Depois, os olhos fechados, sem a força do seu desespero: — Quero me matar, me matar...

— *O rosto para o leste*, a última vontade, murmura Yves.

— Quando eu tiver feito o que Jacques me pede, haverá muitos assuntos sobre os quais eu nunca mais poderei falar com ninguém. Além de ser meu irmão, ele é meu duplo. Com ele, eu enterro uma parte de mim.

Yves vai chorar. Acaba de se dar conta de que não há mais esperança. Não quero me comover, não posso. Preciso convencer a Doutora a fazer o que deve ser feito. A Doutora ou o médico-chefe. Alguém tem que levar em conta o *Quero me matar*, tem que ajudar Jacques e me ajudar.

— Por favor, Doutora.

No Centro de Atendimento, ela examina o prontuário de outro doente, mas aceita falar comigo. Como se tivesse alternativa.

— Sim, diga.

— O meu marido... ele não aguenta mais... quer se matar.

— Eu já disse que não estou fazendo nada para prolongar a vida dele.

— E o antibiótico é o quê? Se não for suspenso, Doutora, eu levo Jacques para casa... levo o meu marido embora.

A médica me olha fixamente e, depois de um silêncio prolongado, diz: — Com novecentos de creatinina, a morte não tarda. Vou suspender o antibiótico.

Se não tarda, por que a Doutora não aumenta a dose de morfina? Inútil pedir. Vai dizer que não pode. O que importa para ela não é aliviar o sofrimento, é não infringir a lei.

Anoitece cedo. Quando Alex chega da escola já está escuro. Estranho o olhar do meu menino.

— O que houve?

— Yves disse que papai não diz coisa com coisa, mas me chamou três vezes.

— Vem, senta, filho.

Alex aperta a cabeça entre as mãos e chora.

— Por que só eu tenho que passar por isso? Os outros têm pai.

Lembro que, de pequeno, sempre que Jacques viajava, Alex me pedia para não apagar a luz do quarto. "— Não apaga, mãe, que é para eu não me esquecer dele". Repito em voz alta o pedido e acrescento: — Basta não se esquecer do pai que ele continua com você.

Com isso, Jacques se torna presente. Diz: — Imaginou que nunca mais fosse me ouvir? Ora... Os moribundos e os mortos também falam. Os vivos é que não ouvem. Talvez precisem da surdez para viver. Seja como for, vê se cuida bem do meu menino. Não esquece de contar que o batismo fui eu que fiz. Que ele não foi batizado no batistério, mas na sala de jantar. Com dente de alho esfregado nos lábios e gota de conhaque na língua. Para aprender a degustar e querer os prazeres... na tradição de Rabelais. Gargântua já nasceu pedindo bebida, gritando: *À boire.* Lembra?

*Uísque* de um gole para me acalmar. A fala de Jacques significa que a hora do fim chegou. Amanhã, Alex vai comigo ver o pai. Vamos de táxi. Tenho que levar o *smoking* e trazer a roupa.

— Amanhã é quarta-feira, mãe. Posso ir com você.

— Sempre que eu venho aqui, penso em São Pedro, me diz Alex na porta do hospital. São Pedro está demorando muito para abrir a porta do céu.

Enfrentamos juntos as funerárias, o elevador e o corredor até o quarto. Jacques agora está amarelo, vive acordado o seu fim. Basta me ver que ele faz menção de tirar o oxigênio. Depois pergunta: — O que é que nós estamos esperando?

Saio, buscar a Doutora.

— Por favor, venha comigo, é urgente. Precisa ser logo.

Ao ver a médica, Jacques tenta falar e não consegue.

— Fala agora. Diz para ela o que você acaba de me dizer.

A Doutora me olha perplexa e, se nesse preciso instante Jacques não tivesse tirado o oxigênio, ela teria me dado as costas.

— O que é que nós estamos esperando?, pergunta ele num tom quase inaudível. Depois, fecha os olhos para não mais abrir naquele dia.

— A senhora ouviu?

— Ouvi, mas a pergunta pode significar muita coisa...

Deus meu! Só pode significar que ele quer morrer. Além de perguntar, Jacques tirou as sondas. Primeiro, a gástrica, e agora a do nariz. O significado dos dois gestos é o mesmo. Não há mais como ter dúvida. Se a Doutora aceitasse aumentar a morfina... . Vai me dizer que ele está com morfina e sedativo, que não tem dor nem angústia. E a dor moral, não conta, Doutora? A consciência da própria decrepitude? Como é possível negar o direito à morte a quem está no fim e só quer morrer?

Desisto e volto para o quarto, onde encontro Yves.

— Cadê o meu filho?

— Saiu. Acabou de sair.

De repente, sem mais nem menos, Jacques diz: — É boa essa. Não tem pra mais ninguém. Mas ela é uma puta. E a sua também é. Garanto, eu garanto.

— De quem o seu irmão está falando, Yves?

— Não sei, Laura. Não faz sentido. Já falou isso ontem. É uma encefalopatia.

— Uma encefalopatia?

— A Doutora não te disse?

Quando acordo, estou na maca do corredor. Yves ao meu lado. Peço que me leve para casa. Não quero assistir à deriva total. Jacques encefalopata... foi o mais lúcido de nós. Há dias que ele se recusa a absorver o que quer que seja, arrancou a sonda. Assim que os médicos decidiram não fazer a quimioterapia. A partir daí, a única conduta razoável teria sido facilitar o fim. Cuidar da vida é isso... ou melhor, cuidar da vida humana. Jacques não está sendo tratado como um homem, mas como um animal... Por que a Doutora não leva em conta o que ele diz? A liberdade do paciente, para ela, não existe. Como não existe para Bichat: "A vida é um conjunto de funções que se opõem à morte."

Estou de mãos amarradas. Não posso fazer por Jacques o que nós nos prometemos. Se um ficasse gravemente doente, o outro impediria que sofresse em vão, não deixaria que sua vida fosse prolongada. Ele e eu também nos casamos para que um desse ao outro essa proteção, a garantia de uma boa morte.

Sete da manhã. O telefone toca, é Yves.

— A Doutora quer nos ver no hospital, Laura. Tentou falar com você e não conseguiu. Se você preferir, eu passo aí.

*A Doutora quer nos ver...* Hora de encomendar o caixão. Que angústia!

— Passa, Yves. Meia hora e eu estou pronta.

O hospital é o destino de todos os meus dias. Atravessar corredores glaciais. Viver no compasso da resistência do corpo de Jacques e amargar na boca o gosto de fel. A certeza da morte e a espera. Vai ser vestido e maquiado para o enterro. Que ideia! Podia ser incinerado. Não, claro que não podia. Não ia abrir mão da última cena. Se a vida não fosse um teatro, não seria nada para ele. Mas quando e como ele pensou no enterro? Quantos pensamentos mórbidos? Quantas horas negras?

No hospital, nós temos que ficar na sala de espera. A enfermeira prepara o "doente", Jacques, que está com uma fibrilação contínua nos lábios.

— Pobrezinho, diz Yves. — Não bastava ter ficado amarelo? Agora você está cor de cenoura. Uma cor de que você gosta muito, mas não combina com você, com o seu cabelo branco.

Yves acaricia a cabeça do irmão antes de me dizer: — Ele me reconhece, só que não responde.

Jacques tenta falar, mas engrola a língua e não diz nada.

— Você se lembra do apartamento da rua Cavalotti?, pergunta Yves, que é surpreendido por uma resposta: — Melhor aqui. Ág...

— O quê?

— Ag, Aga...

Ele quer água, digo com impaciência. Yves molha a ponta da toalha no álcool e passa nos lábios do irmão, que faz uma careta.

— Me enganei, diz Yves, desesperado. — Merda!

Não, não houve engano. Álcool e fogo para acabar com ele, conosco, com o hospital. A Doutora, cadê? A família está de quatro.

Jacques franze o sobrolho e articula: — Para o leste.

O coma. Jacques só está vivo porque o coração bate. Saio de novo para ir ao hospital. Talvez seja a última vez. Na rua Saint-Ouen, entro na primeira funerária. Há diferentes caixões e coroas. O mais simples é o melhor.

Felizmente, não sou eu que vou vestir Jacques. Vestir o cadáver, lembrando do corpo? Quem se ocupa do cadáver é um funcionário do hospital. Se tivesse que fazer isso, daria um tiro na cabeça. Chorar também não vou. Lágrima, só se for de gelo. Além disso, eu não posso chorar. Jacques não é um mediterrâneo... é um homem do norte, não gosta de carpideira. Assim que ele for enterrado, Alex vai para a casa do tio e eu tomo o avião para São Paulo. Se Alex e eu ficarmos juntos, nós só vamos falar do pai e da sua agonia, vamos soçobrar.

Conforme o combinado, ele me espera na porta do hospital.

— Bom dia, mãe.

— Faz tempo que você está aqui, filhote?

— Meia hora.

Não explico que me atrasei por causa da escolha do caixão. Omito o detalhe funesto, ele não precisa saber.

No quarto, Jacques é um corpo atormentado, o peito que se avoluma e se esvai, inspiração profunda e irregular. A última luta do corpo pela vida. Antes de morrer, o homem já se foi.

— Pode pegar o relógio, Alex.

— E ele, mãe? Não vai precisar?

— Não, filho. O tempo dele agora é o da eternidade.

Sem acrescentar mais nada, Alex pega o relógio que está em cima da mesa e fica olhando para Jacques. Como se quisesse fazer o pai renascer.

# SÃO PAULO

"A cidade que não pode parar." São Paulo se vangloria disso. Existe há quase cinco séculos e só tem um ou outro sítio histórico. Sua verdadeira história é a da demolição. Tão indiferente ao passado quanto ao presente. Ninguém sabe onde fica o norte, o sul... ninguém vê o pôr do sol. No centro, torres de dinheiro ocupando o chão. Na periferia, anéis sucessivos de miséria, o berço de quem nasce sem berço... *Lasciate ogne speranza, voi ch'intrate.*

*Credo*, o seu rio poderia se chamar. Águas negras de tanto entulho, superfície de espuma bioindegradável e cheiro de podridão. Quando chove, a subida das águas é funesta, é a terra que desaba, o barraco que soterra o morador, o ônibus que arranca o poste, o carro que vira e cai no rio e o cidadão que fica ilhado para não nadar até o esquecimento.

Monstro antropofágico quando chove e quando não chove. Nasceu e é malnascido? Há sempre um farol para o menino ficar o dia inteiro, limpando o para-brisa dos carros por 1 real. Há milhares de esquinas para a menina vender água ou bala. E esgoto não falta para a criançada se divertir.

Óbvio que o dinheiro só circula em caminhões blindados e há uma legião de seres com a cabeleira sebosa e o rosto do Cristo, que perambula tiritando de frio, embora envolta em cobertor cinza — como nos hospícios e nas prisões. Pés descalços e olhar perdido.

Mas São Paulo é o que me resta, é a língua da música que eu preciso ouvir, das palavras em ãe, *mãe*... em ão, *coração*, *pão*, *chão*; a língua em que eu reinvento a língua, em que a palavra reina... ela canta e ela chora.

São Paulo. Nela eu vivi a primeira, a segunda e a terceira história. Criança, adolescente e universitária. Queira ou não, a cidade se lembra da menina que andava na rua como os meninos. Ficar fechada em casa com a boneca? Nunca! São Paulo se lembra da moça que ousou dizer *não* ao padre. Proibido transar? Loucura. Quem podia em sã consciência negar o direito incontestável ao sexo? Saiu do confessionário direto para o carro do namorado e beijou até flutuar no assento. São Paulo se lembra da estudante que manifestava contra o governo militar. Cassetete e gás lacrimogênio... nós gritando ABAIXO A DITADURA. A cidade então não tinha becos e brechas para nos esconder? Convencidos de que "o povo unido jamais será vencido", manifestamos até enfim as eleições.

Cinco e meia da manhã. O avião sobrevoa uma extensão infinita de casas e de prédios, São Paulo, um amontoado de imóveis. Derruba o sobrado e faz o edifício mais alto. Constrói tantos prédios quantos puder. Um andar térreo e um elevador onde quer que haja um pedaço de chão. Floresta enfumaçada de concreto... *mi ritrovai per una selva oscura.* Metástase do inferno.

Mas não quero avisar a família que cheguei. Sobretudo escapar à visita de pêsames! Ser a que está louca de dor não é ser a que só pode sofrer. O olhar de pena me condena a carpir... ser a morta-viva. Bate no peito e lamenta a tua sorte, mulher! A viúva não é um ser possível. Na Índia, era enterrada com o marido. No Mediterrâneo, ainda se veste de negro até o último dos seus dias. Deste fel eu não bebo. Foi para me alegrar que eu disse *sim* a Jacques.

Quando o avião pousa em Guarulhos, não bato palmas como os outros, embora esteja aliviada. Não tenho mala nem paradeiro, e, pela primeira vez, ninguém me espera. O cemitério... é para lá que eu vou. Por ora, preciso estar onde os mortos estão. O túmulo do pai onde fica? Só sei que é de mármore preto. Quem põe flores nele é a mãe.

Entro no primeiro táxi. Pelo sorriso do chofer, sei que estou no Brasil. Pela camiseta verde-amarela e a santinha que se agita pendurada no espelho.

— Boa viagem?

— Longa demais. Onze horas de Paris até aqui.

— E agora?

— Consolação, por favor.

— Que lugar da Consolação?

— O cemitério.

— O quê? Chegou de Paris e já vai para o cemitério? Enterro de parente?

— Sim, respondo para me livrar.

Ouço exatamente o que não quero ouvir: — Meus pêsames, dona.

*Quando eu morrer, não quero choro nem vela* é a letra de uma das músicas de que o pai mais gostava. De carpideira, também ele nunca quis saber. Não por ser um homem do Norte, como Jacques. Por ser brasileiro. O pai preferia o sapateado ao choro. Preciso encontrar o seu túmulo. Só fui ao cemitério no dia do enterro... carregando o caixão. Segurando uma alça, apesar de ser mulher. Quem podia me impedir de fazer isso? O pai então não era meu? Última homenagem da filha.

Seis horas. O chofer liga o rádio: "— Aricanduva. Zona Leste. Centenas de casas alagadas. Uma mulher morreu abraçada com a recém-nascida. Mãe e filha afogadas no quarto. Outra perdeu os três filhos. Quer recuperar os corpos enterrados na lama. Pede ajuda. Um pai de família teve mais sorte. Pôs as crianças em cima do armário e conseguiu salvar. O prefeito se recusa a considerar que Aricanduva é zona de calamidade pública, mas esteve lá. Prometendo marmita e isenção de impostos. Quase foi linchado. '— Marmita? Por que ele não acaba com a enchente? Caridade aqui ninguém quer. O que ele faria se dormisse num colchão de lama e acordasse coberto de baratas?' Com a enchente, elas saíram do esgoto… as baratas grandes e as pequenas. E, de leptospirose, há oitenta casos. Uma doença transmitida pela urina do rato… o estresse faz o rato urinar mais. Ninguém deve andar na água sem proteger as pernas e os pés."

Aqui até o rato fica estressado e todo ano o mesmo aviso que ninguém respeita. Condenados à repetição na "cidade que não pode parar". Quando não é o Aricanduva, é o Tamanduateí, o Ipiranga, o Tietê, o Pinheiros que transborda. Retifica o rio, asfalta a várzea onde o rio se extravasa e loteia. Lucro certo. Retificaram, asfaltaram e lotearam. Onde havia vegetação, nasceu um bairro árido destinado à inundação. Compre um lote, eu vendo. Se o rio te pegar, azar o seu. A indiferença aos outros é o lema da cidade. Irritado com a notícia infindável do flagelo, o chofer muda de estação e diz: — Sempre a mesma coisa.

— E já são quatrocentos e cinquenta anos de inundação. Não é por acaso que São Paulo se chama São Paulo de Piratininga.

— Por que então?

— *Piratininga* significa peixe seco em tupi-guarani. O rio inundava a várzea e o peixe ficava espalhado, secando no sol.

— Só que agora não é o peixe que morre, dona.

— São as mulheres e as crianças...

— E isso não vai acabar tão cedo. Sei porque trabalhei na prefeitura. O povo joga de tudo no rio... cama, armário, pneu. Se a senhora soubesse o que a prefeitura tira de lá! E o povo também joga lixo de monte na rua. De tanta garrafa, a abertura dos bueiros fica obstruída, e, quando chove, a água não tem como escoar.

— E por que a prefeitura não educa?

— Oferece marmita... A senhora não ouviu o rádio? O que interessa é o voto. Acabada a eleição, ninguém faz nada. Por isso acontece tanta coisa ruim aqui. Por isso mataram a Leda. O chofer fala e tira um crucifixo de dentro da camisa para beijar. Depois, bate com a ponta dos dedos na Iemanjá pendurada no retrovisor. Uma vela para o Cristo e outra para a Deusa do mar.

— Quem é a Leda?

— A senhora não estava. Foi "crime hediondo", como dizem. Um casal de namorados assassinados. Ele com um tiro e ela com dez facadas. Ele dezoito anos, ela dezesseis. A Leda e o namorado foram acampar num sítio aqui perto. Saíram da escola e foram. Dois dias depois, a polícia encontrou os corpos num matagal. O namorado foi morto no primeiro dia; a Leda ficou mais dois dias com os assassinos. Três canalhas. Um deles era menor. Depois de estuprarem e arrancarem os seios, esfaquearam. Até matar. Hoje vai ter manifestação dos alunos do Colégio São Luís, onde ela estudava.

Estuprada, mutilada e assassinada. Contra o amor, a mulher, a mãe. Contra a vida e a promessa de vida. Porque não sabem distinguir o bem do mal? Ou porque só assim eles podem existir? Nenhum dos três desejava Leda, só violentar a mulher. Introduziram o pênis como um facão... estapeando, cuspindo, sujando. "A tua pele é de seda, eu rasgo. A tua boca é delicada, eu mordo. Os teus seios são viçosos, eu arranco. Você vai urinar e defecar de medo de mim."

Mas o que é que eu estou fazendo aqui? Megalópole do horror. Também foi para sair de São Paulo que eu me casei. "— Paris!" Disse *sim, vou*. Agora, estou de novo na cidade. Só faz sentido se eu descobrir como viver sem Jacques. Na verdade, foi para isso que eu tomei o avião.

Da rodovia Ayrton Senna nós passamos para a Marginal nauseabunda do Tietê. Até quando este cheiro fétido? Saudade do dia em que o rio estará limpo. *Estas águas são abjetas e barrentas... Dão febre, dão morte. Isso não são águas que se bebam, conhecido, isso são águas do vício da terra... São malditas e dão morte... Por que os governadores não me escutam? Por que não me escutam os plutocratas e todos os que são chefes e são fezes?* 1922... o poema de Mario de Andrade continua atual na "cidade que não pode parar". Ou melhor, na cidade que não pode parar de se repetir, deixar-se banhar por águas de fel.

Nem sete horas e o trânsito já está lento. O chofer sai da Marginal.

— Assim todo dia, moço?

— Sobretudo na segunda. Não é um bom dia para chegar, diz ele, parando abruptamente no sinal vermelho.

— O senhor quase passa.

— Consegui parar. Ainda bem. A multa é alta.

— Novidade! Todo mundo aqui sempre passou no vermelho...

— Agora mudou, dona. Eles multam mesmo. A Delegacia Antissequestro inclusive ensina a calcular o tempo e a velocidade para não ter que parar no farol.

— Delegacia Antissequestro?

— Pois é, tem. O risco de morrer em roubo de farol é impressionante. Se a vítima não se comunicar bem, morre. Tem que manter as mãos no volante e pedir licença para qualquer movimento. "Posso abrir o cinto? ... A carteira está no porta-luvas, posso pegar?" Tem que pedir. Negociar com o ladrão. Se não, morre.

Antes era "A bolsa ou a vida". Agora é "Ajoelha e reconhece o Filho do Cão. Respeita o dono da rua, o homem do revólver." A qualquer momento o ladrão pode saltar na tua frente. E o que é que ele quer? O dinheiro e a fama do Meneguetti? Robin Hood da Pauliceia, Gato do Telhado... ele roubava os ricos para dar aos pobres. Italiano de Pisa, ladrão desde os dezesseis anos. Chegou em São Paulo aos trinta e cinco. Preso um ano depois. Mandaram que ele construísse a solitária da cadeia. Construiu e pôs as grades mais frágeis. Daí, ele comprou uma briga e foi parar na solitária. Forçou as grades, cantando alto para ninguém ouvir, e fugiu. Dez anos depois, a polícia inteira se mobilizou para prender o Gato. Do alto do telhado, ele gritou: "— *Io sono Meneguetti. Il Cesare. Il Nerone di São Paulo.*" Encarcerado no Carandiru. Duas décadas preso, e só parou de roubar aos noventa e dois. Reconheceu, diante do delegado, que "não é possível ser um bom ladrão sem escutar direito". Meneguetti tinha humor. Nada a ver com o Filho do Cão. Será que o chofer já topou nele?

— Já foi roubado no farol?

— No farol, não. Roubado, sim. Vinte e três anos de praça e dezoito assaltos!

— Dezoito! De dia ou de noite?

— Para a gente ser assaltado não tem hora. Já fui inclusive assaltado à uma hora da tarde, lá na Bela Vista. A gente pensa que é corrida, não desconfia. Quando chega no local, o ladrão irrompe. Aí, leva jaqueta, celular, relógio. Já me levaram de tudo, já. Mas nunca me tocaram.

— O senhor deve ter morrido de medo todas as vezes.

— Não, eu me acostumei. Só você não reagir, saber conversar. O que eles querem é dinheiro.

— E o ladrão estava armado?

— Sempre com arma. Ninguém aqui assalta desarmado.

— O que o assaltante diz?

— Que ele quer descer. Você para. Daí, ele: "— Isto é um assalto, passa o dinheiro." Pronto. Só diz isso.

— Só?

— Você dá o dinheiro e acabou. Às vezes, eles tiram a chave do carro e jogam fora. Todo chofer de táxi conhece isso. As duas últimas vezes, fui assaltado na Freguesia do Ó. A primeira foi às sete horas... a esta hora. Entraram dois. Muito bem-vestidos até. De repente: "— Para, para." Parei. "— Passa todo o dinheiro. Passa, senão eu te queimo." Levaram tudo.

— Que ódio!

— Você roda a noite inteira e o cara te deixa sem nada. Comuniquei à polícia. Não adiantou. A polícia não acha mesmo. O ladrão se esconde na favela. A segunda vez foi pior. "— Nós trabalha no depósito... tamo atrasado, vamo lá." Fiz um retorno. Quando subi a Itaberaba, o cara de trás me deu uma gravata, colocou o revólver aqui perto da orelha e disse: "— Isto é um assalto." Levou tudo. Entrou na viela que desce a favela e desapareceu.

— E o que você pode fazer contra isso?

— Não tem o que fazer.

Responde, bate de novo os dedos na santinha do retrovisor e se cala. Pensar que nem medo ele tem, que se acostumou a negociar com o assaltante! *Passa, senão eu te queimo.* Isso é vida? A vida aqui, nesta cidade, onde o dinheiro é o que mais conta e para ter dinheiro vale tudo. O pior é que o chofer não deve nem ser de São Paulo.

— O senhor é paulista?

— Sou de Sergipe, mas vivo aqui há quase trinta anos.

— E não volta para a sua terra por quê?

— A família já veio toda. Não tenho mais nada no Nordeste. Não posso sair daqui...

Quis juntar a família. Por ter realizado o que queria, está sem saída. A vida surpreende, faz bem pouco do projeto de vida. Sei disso. Deixei o Brasil para morar com Jacques e fiquei na França sem ele. A vida te obriga a resistir continuamente, e, se você não estiver disposto a isso, soçobra... Ela te escapa, mas depende de você.

Engarrafamento. Por sorte nós já não estamos na Marginal fétida do Tietê. Apesar de cedo, o calor é excessivo. Tudo parado na cidade onde tudo foi feito para o carro. Sobrado de parede de taipa? Derruba. Casinha? Derruba. Palacete? Derruba. Queremos circular. É preciso alargar as ruas além de demolir. Reduziremos as calçadas. O pedestre? Ora... O fluxo precisa ser ininterrupto. São Paulo é dinamismo, sempre foi e será.

Conversa! Puro imobilismo. Onde estão os crematórios de automóvel? Todo dia a mesma coisa. Por que o paulista suporta isso? E o que tenho eu a ver com o paulista? Aceita viver numa cidade impossível, faz tão pouco de si mesmo quanto dos outros.

O trânsito não anda. Só resta ter paciência e olhar à minha volta. O rapaz do carro à esquerda carrega um mico no ombro. A janela aberta e o rádio bem alto. Como se não houvesse mais ninguém na rua. A letra da música é sobre racionamento de água.

— Tem racionamento?, pergunto ao chofer

— Na Cantareira, lá onde eu moro, chega a faltar água durante dois dias. Já avisaram que vai faltar de novo. A cidade inundada e nós padecendo com racionamento. O prefeito diz que a chuva esperada não caiu no lugar certo.

— O quê?

— Não caiu no lugar certo! Acredita?

— Não. Inundação em Aricanduva e falta de água na Cantareira... Mas que história é essa do prefeito?

— Precisa chover no manancial do rio. Senão, é como se não chovesse.

— E eles não desviam a água por quê?

— Não sei, dona. Quem mora na periferia está sujeito a tudo.

No carro à direita, um casal aproveita o engarrafamento para se beijar. Dois adolescentes. As janelas estão fechadas, mas eu ouço o estalo do beijo. Para eles, o trânsito não importa. Para mim, sim. Onze horas no avião. Pressa de pôr os pés no chão e andar.

Desço do carro para saber por que não saímos do lugar. Inútil. Só o que eu vejo é o mar de veículos, a massa de edifícios e a infinidade de janelas. Todas as formas e tamanhos. Um edifício nada tem a ver com o outro. Só tem a ver com quem o construiu. Serve para representar o dono. O Martinelli representa Giuseppe Martinelli, o imigrante, a sede de reconhecimento, de um nome próprio. De mestre de obras na Itália, passou no Brasil a dono dos transportes marítimos. Era Giuseppe, se tornou comendador, *commendatore*, e fez do arranha-céu o seu brasão. 1922, o prédio começou a subir. Mesmo ano do Empire State Building. São Paulo como Nova York. Quanto mais alto, melhor. Dezessete andares, a altura permitida. Dezessete não bastam para o comendador.

Tem que ser vinte e quatro. Vai cair. Não cai. Vão embargar. O Martinelli não se embarga. E, de vinte e quatro, passa a trinta. O comendador quer morar no trigésimo andar. Com um viveiro de periquitos, papagaios e araras.

O engarrafamento continua. Entre os carros, uma mulatinha esquálida de saia curta e cabelo desgrenhado. Corpo de dez anos e fisionomia de adolescente. Aproxima-se com três peloticas. Joga pega, joga pega, depois, para na janela e estende a mão.

— Dá um real, dona.

Pega o bilhete, dá a volta por trás do carro e recomeça o malabarismo diante de um casal, que fecha a janela para não ouvir o pedido. A menina se desloca em zigue-zague com as três peloticas e desaparece. Depois dela, um vendedor de balas. Oito, nove anos. O rosto escoriado, o nariz cheio de ranho e um olhar de boi no pasto. Olhar de quem se droga. Será que ele fuma ou será que ele cheira? Maconha ou cocaína? Mais dia, menos dia, ele rouba... a escola dele é a do Filho do Cão.

— Leva pra me ajudá, tia.

Estranho esse "tia", que eu há muito não ouço. Se eu sou a tia, ele é o sobrinho, e, se eu não der o que ele me pede, eu fico em dívida. Astucioso. Sem o *tio/tia*, ninguém aqui se toca. São Paulo é ímpia desde que nasceu. Menos de dez anos depois da fundação, o índio se revoltou. O colonizador escravizava os homens e violava as mulheres. Os filhos do colonizador são os ancestrais da menina das peloticas e deste menino sujo que não vai embora, grudou. A pressão é insuportável! Mas para casa eu não vou. *Meus pêsames... meus sentimentos*. Não estou para isso. Não quero.

— E a bala, tia?

— Quanto custa?

— Um real.

— Toma, mas fica com a bala.

Um real é o preço do pedágio. Queira ou não, tem que pagar. Normal. Se o menino não vende, não sobrevive. A rua tem suas razões e suas regras. Quem não aceita não sai de casa. Fica fechado com o dinheiro e o medo do ladrão no Jardim Europa, onde você anda e não vê ninguém, não escuta nada além da televisão e do latido dos cães... as residências parecem abandonadas, há sempre uma guarita e um guarda que você enxerga pelo visor... a doméstica só abre a janela para fechar imediatamente.

São quase nove quando o trânsito enfim deslancha e nós chegamos no Vale do Anhangabaú. Vale do *anhangá*, diabo em tupi-guarani... O rio transbordava, trazendo doenças... tifo, maleita. Hoje, ninguém fala o tupi, mas falaram até o século XVIII. O que ficou foi Anhangabaú, rio do diabo, Pacaembu, córrego das pacas, Ibirapuera, árvore podre...

Do índio, ninguém aqui sabe nada. Ou quase nada. A casa se chamava *oca*. A aldeia, *taba*. Comia peixe e mandioca e brincava o dia inteiro. Da brincadeira, a gente só sabe por um romance, e não pela cartilha. Pela história do "herói sem caráter", Macunaíma, que amava Ci... *os dois brincavam que mais brincavam num deboche de amor prodigioso*. A história do herói não é para a cartilha. Pudera! Macunaíma não só brincava o dia inteiro como vivia dizendo: "— *Ai, que preguiça!*".

A escola só ensinava os feitos dos jesuítas, Nóbrega e Anchieta: "Romperam com as tradições da vida religiosa no claustro para evangelizar...". Servia para doutrinar e reprimir. Pensar que Nóbrega inclusive ameaçou enterrar vivo quem se entregasse à "fornicação"! O índio para ele era uma página em branco. Não era uma cidade, era um povo que ele queria fundar. O português ao menos enxergou a beleza da índia: *suas vergonhas tão altas e tão cerradinhas, tão limpas das cabeleiras, que de as nós muito bem olharmos não tínhamos nenhuma vergonha*. Atravessou o oceano para transar e não teve o menor escrúpulo de dizer que, se a portuguesa visse o sexo da índia, morreria de inveja.

Praça Quatorze Bis. O carro para no farol. Carapinha oxigenada, uma jovem se precipita para limpar o vidro da frente. O chofer tenta se opor e não consegue. Com a mão esquerda, ela passa o *spray*. Com a direita, o rodo limpa o vidro. Um vaivém suntuoso do busto. Exposto pela calça de cintura baixa, o umbigo parece uma florzinha. Feito para colher. A beleza entrou em cena... a dança. A rua se transfigura. Parece que o *spray* é um adereço carnavalesco. São Paulo é a Terra sem males, o paraíso do índio, onde a vida era só dançar. Bem fizeram os pajés de se opor à ideia do pecado. O jesuíta doutrinava, o pajé fazia a contrapropaganda. "A carne de quem se deixa batizar perde o gosto". Foi com a mão dos pajés que Oswald escreveu contra todas as catequeses. *Só a antropofagia nos une... tupi or not tupi.*

A moça acabou de limpar o vidro e está com a barriga colada na porta da frente do carro. À espera do real, que eu dou. Ela mal se afasta e um deficiente se aproxima, girando as rodas da cadeira com as mãos. Não consegue chegar a tempo, porque o sinal abre.

— Tenho um sobrinho como ele, dona.

— Deficiente?

— Pois é. Sofreu um acidente e agora vive de pedir dinheiro no farol. Nunca trabalhou com carteira registrada e não pode se aposentar por invalidez. Quem não contribui, não tem aposentadoria. Pode ser inválido que o governo não ajuda. Daí, o jeito é pedir no farol. Melhor do que trabalhar para os outros. Deficiente não tem como trabalhar oito horas e o patrão não paga o salário integral. No farol, o meu sobrinho consegue até cadeira de roda, pneu pra cadeira, coletor de urina, esses negócios para deficiente.

— Coletor de urina?

— Porque deficiente não fica em pé.

— Que tipo de acidente ele sofreu? Arma de fogo? Bala perdida?

— Não, moto... acidente de moto. Era entregador de pizza, foi à noite, por volta das dez. Ficou cinco dias em coma, acordou e já estava na cadeira de rodas. O médico disse que, numa semana, ele ia andar. A semana já durou sete anos.

— Arriscadíssimo andar de moto... Por que o seu sobrinho correu esse risco?

— Aqui em São Paulo, não tem como não correr. Muito motoqueiro inclusive trabalha sem carta de motorista. Se não ganha de moto, vai ganhar como? Quem não nasceu em berço de ouro...

Foi atropelado? Ficou paralítico? Deixa morrer. E ninguém mais pode pôr a culpa no governo militar. Quatro presidentes eleitos. Mais que eleitos, ovacionados... Para o deficiente ficar ao deus-dará. Não é à toa que o cemitério se chama Consolação. Que país é esse? Nem pátria é. Pátria é onde a gente está bem. *Ubi bene, ubi patria.* Saudade do meu menino. Vou telefonar para Alex. Não faz sentido, eu mal cheguei.

O carro sobe a Nove de Julho entre paredões de prédios. Nenhum foi feito para ser olhado ou fotografado ou pintado. Tudo sem graça. Por sorte, o céu está azul... um azul tão puro que até a fumaça ele desmente. Deve ser este o azul de Cabral, *cabralino*... a cor que ele viu ao avistar a terra. "— Quem foi que descobriu o Brasil? Foi Pedro Álvares Cabral." O que a professora não dizia é que, antes de os portugueses descobrirem o Brasil, o Brasil tinha descoberto a felicidade.

A professora contava sempre a mesma história do jesuíta e da fundação da cidade no dia da conversão de São Paulo. Do apóstolo, nenhum de nós sabia nada. Mas isso lá importava? A escola santificava o jesuíta e inculcava a noção de pecado nos pequenos novos índios que nós éramos. Não ensinava o tupi-guarani, mas o latim, pois "o português é a última flor do Lácio". "— Flor do Lácio", repetíamos, sem a menor ideia do que pudesse ser o Lácio e sem o menor interesse pela origem longínqua da nossa língua.

Uma quadra depois do farol, o chofer liga o rádio novamente: "— Tiroteio esta madrugada numa unidade da Febem, Zona Norte de São Paulo. Três feridos e dois mortos. Um de dezessete e outro de dezesseis. O de dezessete não resistiu ao tiro e morreu no ato. O de dezesseis chegou morto no hospital. Havia manchas de sangue na entrada da unidade, no saguão e nos fundos. Os tiros foram disparados durante uma tentativa de fuga dos menores. Não se sabe quem atirou. Se foram os policiais ou os funcionários da unidade. Só um perito em criminalística pode esclarecer a questão. Tanto os policiais quanto os funcionários negam a responsabilidade. Ninguém viu nada, ninguém sabe de nada."

— Como sempre. Eu já nem escuto mais as histórias da Febem. Fundação Estadual do Bem-Estar do Menor! Bem-estar... como se alguém aqui se importasse com isso.

Cinco séculos que ninguém se importa. "Engravidou? Deixa nascer. Nasceu? O que tenho eu a ver com a criança?" Nem mesmo *vem* o português dizia para a índia. Pulava em cima. Começou com João Ramalho, o primeiro alcaide-mor. Andava nu para cima e para baixo e sempre transou com quem bem entendesse. Minha filha? Por que não? Depois, impôs aos jesuítas a aceitação do incesto e da poligamia. Não estava em São Paulo para se conter. Quem está? Todos filhos espirituais de João Ramalho. Comeu todas. Vivia com a filha do cacique. "— João Ramalho era casado com Bartira, filha de Tibiriçá", ensinava a professora, omitindo que o alcaide cantava em qualquer galinheiro e fazia filhos a torto e a direito.

O evangelho que vingou na cidade foi o do alcaide... macho que é macho sim senhor. O ancestral dos pais dos menores da Febem é ele... das crianças que disputam as esquinas para vender bala ou vender o próprio corpo. Compra, tia, leva, me leva... Os indesejados, os que nunca ninguém quis, os filhos do puro gozo. O que é preciso fazer para que o evangelho seja outro? Mudar a lei. "Ajoelhou, rezou. Teve a criança? Cuida."

O chofer muda a estação do rádio, mas a notícia sobre a revolta na Febem continua. Um tormento.

— Melhor desligar o rádio.

— Tem razão. Não sei mais onde vamos parar. Tem tanto menino de rua... Outro dia, peguei um casal de adolescentes. Queriam ir até a Sé. Ele, 28 passagens na Febem, ladrão de bolsa, relógio, corrente de ouro... Ela, grávida. Não parou de cheirar cola e agarrar o guri para beijar na boca. O guri empurrava e dizia: "— Estupro, tio, ela quer me estuprar." Não sei de quem eu tive mais pena.

— Que história!

— O menino foi parar na Febem porque a mãe foi trabalhar e a vizinha chamou a viatura.

— O garoto deve ter aprontado.

— Deve. Mas depois ficou cinco anos preso. Entra e não sai mais de lá. Quando soltaram, a vida dele foi só roubar e ser preso de novo. Não conhece o pai, a mãe ele não vê. Nunca me esqueço do que ele disse: "— A gente precisa ter coragem pra roubar... enfrentar a polícia. Sobreviver na Sé é uma luta. Mas a polícia também tem medo... a gente quebra as viaturas."

— E a menina... roubava?

— Não sei, dona. Só sei que ela não quis descer na Sé. Levei para a Praça da República. No caminho, ela contou que foi expulsa de casa pela mãe por causa do padrasto, arrumou uma treta com um traficante e agora está jurada de morte. A menina cheirava cola e acariciava a barriga. Disse que estava na rua, mas para a casa do governo ela não ia.

— Por quê?

— Por causa do trabalho forçado. Disse que eles lá maltratam.

— Criança de rua não tem vez. Já nasce para morrer...

Nesse ponto da conversa, o carro vai para a esquerda e o chofer vira abruptamente a direção.

— Furou o pneu.

Ele liga o pisca-pisca, para e sai do carro. Pneu furado é demais, só o que faltava. Estamos quase embaixo da Ponte Getúlio Vargas, a dois passos da Paulista. O que eu faço?

O chofer volta e me diz pela janela: — Não tem jeito mesmo, dona. Vou ter que trocar o pneu. Melhor subir a ladeira e pegar outro táxi para o cemitério. Tomara que a senhora ainda consiga chegar a tempo.

Pago e desço atrás do Masp. Uma caixa de sapato gigante sustentada por quatro pilares vermelhos. Projeto de uma comunista italiana. Queria mudar a realidade de Aricanduva, da Cantareira, da Praça da Sé... Morreu e tudo continua igual. São Paulo não muda... *malvaggia*... capital da exclusão... *tão má e perversa que nunca a sua sede se apazigua.* Quem primeiro escreveu sobre ela foi Dante.

Subo a ladeira procurando uma quaresmeira. Só o roxo das flores me confirma que estou na cidade natal. Chegar eu já cheguei. Desde que a língua do *ão* bateu no meu ouvido, a música da língua.

— Quaresmeira não tem. Por que você não olha a seringueira, Laura? A Amazônia está na sua frente. A maioria das pessoas olha e não enxerga o que está ao alcance dos olhos... só quer o que já conhece e não se deixa surpreender.

Jacques... a voz é dele. Vai me acompanhar? Estranho. Decerto fala comigo porque desejo isso, quero ouvir. Seja como for, significa que morrer não é deixar de existir. Jacques foi e voltou. Não está vivo, mas está presente.

Não fosse a voz, eu teria passado sem ver a árvore portentosa da borracha, o tronco que se abre na base, enraizando-se em toda a volta. As folhas são verde-escuro, quase pretas. De tão espessas, parecem de couro. E o líquido que escorre do tronco é o látex... o ouro do século XIX, branco-amarelado. Árvore-símbolo da prosperidade. Por isso foi trazida e se desenvolveu na cidade que não pode parar. Não pode... e vai para onde? Ninguém sabe.

Foi com o ouro do látex e o do café que trouxeram Sarah Bernhardt para o Brasil… ovacionada no Teatro Municipal. Tiravam o casaco para a atriz pisar e ofereciam buquês com as cores da bandeira francesa... Mais realistas do que o rei. Se os paulistas não gostassem do que a Europa gostava, eles não existiriam. Queriam ter tido Idade Média, Renascença... Acabaram tendo a Idade da Catequese e a Idade da Imitação.

E essa música? Já ouvi em algum lugar. Île Saint-Louis. O realejo daqui é como o de lá! Mas tem um papagaio. E ele tira a sorte. Será que ele tira a minha?

— O papagaio é seu?

— Esse fui eu que eduquei, dona. Qué vê?

— Quero.

— Diz, diz *você é bonita*, loro.

— Bo-ni-tá.

Rio e peço para ele tirar a sorte.

— Tira, diz o dono do realejo, e o papagaio me entrega com o bico um rolinho de papel.

Desenrolo e leio: "Sua vida só vai melhorar." Acredito. Porque ouvi a voz de Jacques. Continua comigo. O pior foi ter imaginado que ele e eu já não existíamos. Que já não fazia sentido dizer *nós* quando era o *nós* que tornava a vida possível, me dava a confiança de que eu precisava para ir em frente, prosseguir no caminho ou enveredar por outro... o *nós* que fazia a eternidade soar sempre que eu e ele nos tocávamos e o corpo só existia para satisfazer à fantasia... para o *sim, eu quero sim*.

*Sua vida só vai melhorar*. Com a frase do louro, na cabeça, continuo a subida até a Paulista. Prédios e mais prédios, de um lado e do outro da rua, carros nos dois sentidos, ônibus apinhados de gente e pedestres passando sem parar. Um movimento que nunca se interrompe. Só para a maratona, a São Silvestre. São Paulo só podia comemorar a passagem do ano-novo com uma corrida. São Paulo não pode parar. Corre, prova que você é paulista. Sai da frente que atrás vem gente.

— Leva, dona, leva, insiste uma mulher de óculos escuros.

— De novo...

— Por que *de novo*? Vendo pra não pedir, pra minha filha não se prostituir nas esquinas da Paulista. Já viu quanta mulher gorda sentada na rua enquanto os filhos ficam por aí arrumando confusão? Não sei pra que trazer criança. Tem uma que vem com três. Diz que precisa de companhia. Outra vem com cinco. Tem medo de largar em casa. Essa eu até entendo. A pessoa que cuidava da filha dela deixou cair a vela acesa no berço e o lençol pegou fogo. A menina ficou sem orelha, toda deformada. Agora, não tem mais jeito, não tem mais cirurgia...

O fogo, a orelha queimada, a menina disforme... Parece filme de horror. Por que eu continuo escutando? O que eu quero é chegar no cemitério. Será que ninguém resiste ao gozo masoquista? Ou sou eu que não resisto? O fato é que eu não me afasto e a mulher recomeça.

— Vendo porque sou vítima de um homem que me escravizou em pleno século XXI. Trabalhei pra ele três anos sem pagamento, lavando roupa sem sabão, cozinhando sem ingrediente. De patrão eu não quero mais nem ouvir falar.

Compra, dona. Nessa bala eu pus saúde, prosperidade e otimismo.

Compro para me livrar. A vendedora embolsa o real e segue caminho. Prefere trabalhar na rua e ser independente. Como o deficiente do farol... Porque os patrões de hoje foram escolados pelos escravocratas de ontem. Cinco séculos de escravidão! A rua me deprime, mas preciso continuar sozinha. Adiar o momento em que os outros me dirão: "— Meus pêsames, Laura." Quero ficar comigo mesma, com Jacques, que amava a minha liberdade tanto quanto a dele. *Quer? Faz.* Dizia que pátria é o lugar onde a gente está bem e só a nacionalidade do amor importa. Me fazia olhar Paris como um vaga-lume. Acende, apaga, acende, apaga. Dizia *eu te amo* e me abraçava até eu já não saber quem era ele e quem era eu. Dormia ao meu lado e acordava no meu corpo. Me oferecia as cores e o branco do lírio. Agora, não mais, nunca mais. Será possível? Não pode ser.

— Nunca mais você e eu vamos nos separar.

Jacques! Novamente ele. Dizendo exatamente o que eu quero ouvir, embora eu não entenda o que ele diz. *Nunca mais nos separar.* Como? Sei que o índio nunca se separa de quem morreu, cultua o ancestral... Convoca o falecido e dança para ele. O índio não se limita ao enterro e à missa de sétimo dia. Mas eu sou "branca, adulta, civilizada"...

Sentado no chão do Masp e rodeado de uma infinidade de esculturinhas coloridas, um moreno baixinho canta esculpindo sem parar.

— Que madeira é essa?

— Casca de cajá, típico lá de Pernambuco, de Olinda. Tão dura que parece pedra. Há dez anos que eu trabalho com essa casca. Vai comprar, dona? Representa São Paulo.

— O senhor gosta daqui...

— São Paulo tem de tudo e eu aqui vendo o meu trabalho... no norte, eu não vendia.

— E o senhor faz a escultura como?

— Às vezes, fico olhando horas para a casca de cajá. Pra vê o que pode sair... Aqui eu posso fazê a copa de uma árvore... Aqui fica como se fosse uma montanha... na encosta, as casas vão subindo. Como em Olinda. Depois de esculpir, eu pinto.

— Pinta São Paulo pensando em Olinda.

— Isso aí, dona.

— Boa sorte.

Aqui, ele corre o risco de ser engolido pela fumaça, mas pode viver da arte que faz e cultivar a saudade.

De repente, um rumor. Ouço *Justiça, justiça.* Uma multidão se aproxima tomando a Paulista. A maioria de camisa branca. Deve ser a manifestação que o chofer mencionou. Há faixas enormes: TE AMO, LEDA... MORTE AOS ASSASSINOS... EU SOU A VIDA, E VOCÊ? Precedendo o cortejo, um caminhão apinhado com uma loira conhecidíssima, atriz de televisão. À sua direita, o cardeal, de vermelho, e um rabino. Na multidão, só há jovens de camisa branca.

O caminhão para na frente do Masp. A atriz é aclamada pelos que estão na calçada. Discretamente, ela pega o microfone e passa para o cardeal.

— Só falta ele pedir a pena de morte, diz alguém. — O rabino é favorável.

O cardeal pega o microfone e encara a multidão antes de falar: — Pode o homem matar e não ser punido, irmãos? Dezesseis anos... A inimputabilidade não se justifica. Se aos dezesseis tem o direito de votar, também tem que ser responsabilizado. O Estatuto da Criança e do Adolescente determina que fique simplesmente recolhido na Febem. Três anos depois, sai como se não tivesse acontecido nada. Mas ele cometeu um crime hediondo, irmãos. A redução da maioridade penal se impõe. De dezoito para dezesseis anos.

— *Redução da maioridade penal,* gritam alguns manifestantes, enquanto, no alto do caminhão, a atriz consola uma mulher. A mãe da morta, será?

— O cardeal quer diminuir a idade de mandar pobre pra cadeia... Por que não aumenta a idade de sair da escola?, grita um rapaz ao meu lado.

— Não entendo essa manifestação. Se fosse minha filha, eu teria matado o assassino, diz um senhor de cabelos brancos, apertando as mãos. — Lá no meu bairro, amarraram uma corda em volta do pescoço de um estuprador e empurraram de cima do prédio... ficou estrangulado no ar. Mataram. Tinha estuprado três crianças, quinze anos, treze e doze, o pessoal se revoltou.

Entregue ao ódio. Inteiramente. Não está interessado em saber se a maioridade penal deve ou não ser reduzida. Quer se opor à barbárie com a barbárie, e não com a lei. Quem vive exposto ao Filho do Cão pode se espelhar nele... pode matar. Uma loucura ter um filho aqui.

Dez horas. A Paulista está bloqueada. Táxi para o cemitério? Onde será que eu pego? Só se for na paralela, Alameda Santos. Não, a Santos é contramão. Tem que ser na Alameda Jaú. Santos e Jaú, duas cidades sem as quais São Paulo não existiria. Santos... porto de chegada dos imigrantes. Jaú, uma cidade de fazendas. Como Lorena, Itu, Campinas... Todas as cidades onde o empresário do café vivia. Quando não estava no palacete em São Paulo ou em Paris com a família, os criados e as vacas.

Da São Paulo dos palacetes do café sobraram só os nomes das ruas. Quase todos demolidos. Copiados da Europa, feitos para durar. Não duraram. Aqui, o passado não importa, só a novidade. São Paulo copiou sem de fato copiar. Nada a ver com a Europa. Nada a ver com os Estados Unidos, apesar do arranha-céu. Tudo a ver consigo mesma, com a autodevoração. São Paulo devora São Paulo. Do contrário, ela não se reconhece. Sadomasoquista. Desconcertante.

O táxi que eu espero não tarda.

— Cemitério da Consolação.

Dez minutos e eu estou na porta do cemitério. Um chofer que é um azougue.

# RUA 7

Com sua pele mulata e seus olhos de índia, a vendedora de flores do cemitério me atrai e me detém. Nunca vi alguém com tantos colares. Contas e miçangas de todas as cores. Vendo que a olho intrigada, ela sorri. Não sei onde o túmulo do pai fica, mas compro um vaso para ele.

— Uma orquídea, por favor.

— O primeiro vaso que eu vendo hoje.

— O primeiro?

— Pois é. Já é tarde. Você trabalha, trabalha e não dá pra pegar um cinema... não dá pra fazer um passeio. Mas do jeito que eu tô, eu tô feliz, tô agradecendo, porque tem gente que nem isso ganha. O negócio tá feio! O dia que eu vendo dois vasos eu agradeço, o dia que eu não vendo nenhum eu agradeço do mesmo jeito.

— Agradece porque está viva?

— Não, eu até queria sair do ar, tô com sessenta e quatro anos. Agradeço porque todo dia no ônibus eu encontro gente da minha idade indo pro hospital e todo dia eu desço, pego o meu carrinho de flores e venho aqui. Tenho saúde, disposição, pensamento positivo.

— Se não tivesse, a senhora não suportaria esse barulho infernal.

— No começo, o movimento dos carros me deixava louca, a fumaça... Chorava de desespero, não via a hora de ir embora, mas agora o barulho não me incomoda, a chuva não me incomoda, o sol não me incomoda, tudo eu aceito! Passo o dia aqui e me divirto. Se cai um pé-d'água, todo mundo sai correndo, eu não.

— A senhora fica na chuva?

— Tampo o meu carrinho, que é de papelão, protejo as flores, e fico na boa. Dali a pouco vem aquele sol lascado e eu fico também. Vem aquele vento frio, eu fico. Tudo o que vem eu traço! Aqui eu vejo a morte todos os dias, o sofrimento dos parentes. Por isso, não reclamo de nada.

— E os colares no pescoço?

— Não sou macumbeira, não pense. Não acredito em nada. Nem padre e nem pai de santo. Os colares é porque o freguês chega e me traz um. Ponho no pescoço. Depois, chega outro com mais um. Ponho. Tem vez que eu tô com vinte. Principalmente no dia que tem mais visita. Aí, a freguesa que me deu o colar vê e diz: "— A senhora gostou, tá usando." Fica feliz. E eu adoro me enfeitar. Sou filha de índio.

— Não acredito!

— Índio com negro, sou lá do meio do matão. Adoro comer raiz, era raiz que a gente comia. Adoro as frutas do mato, aquelas frutinhas azedas, sabe?

— E o tupi-guarani, a senhora fala?

— Sim, a língua do mato... a única que eu falava. Por causa disso, apanhei pra chuchu.

— Apanhou?

— Na escola. Não conseguia pronunciar direito as palavras do português. As freiras achavam que era preguiça minha e me batiam. Malvadeza.

— Verdade. Mas agora eu preciso entrar. Desculpe. Até mais.

Apanhou por ser índia. Teve que dar a mão à palmatória. Quinhentos anos depois do Descobrimento! Justo ela, que podia estar ensinando. Não dramatiza a morte, que ela vê todo dia. Sabe que é inevitável, e a ideia de morrer não a assusta... *eu até queria sair do ar*. Completamente desapegada. E ela sabe que só não sofrer importa. Tem *saúde, disposição, pensamento positivo* e não se altera com nada. Uma índia brasileira! Podia ser um monge budista.

Rua central. Entre os eucaliptos uma quaresmeira. Depois do roxo tropical, o ocre de uma capela redonda. "Os casebres de açafrão e de ocre nos verdes da favela, sob o azul cabralino, são fatos estéticos." *Manifesto pau-brasil*. O autor está enterrado aqui... Oswald. Mas onde? Mario de Andrade também está... Nunca vi os túmulos. Será que alguém visita? O Cemitério da Consolação não é o Père Lachaise...

À volta da capela, colunas dóricas. São Paulo tem saudade do Mediterrâneo... Nápoles, Calábria, Sicília. No interior da capela, duas mesas sepulcrais e um crucifixo. Será que o caixão do pai foi posto na mesa? Só me lembro de ter atravessado o cemitério segurando a alça do caixão. Só do pesadelo da orfandade súbita. Por que a órfã sou eu? E por que Alex agora? Órfão de Jacques. E o túmulo da família onde fica? O guarda do cemitério talvez possa me dizer.

Não longe da capela, um baixinho atarracado dá uma explicação para um grupo de estudantes. Deve ser o guarda. Mas ele está concentradíssimo. Só me resta esperar. Faço isso, escutando.

— O Cemitério da Consolação é o primeiro da cidade. Quero dizer, o primeiro de verdade. Antes disso, as pessoas eram enterradas do lado de fora ou dentro da igreja, embaixo do assoalho. O coveiro levantava a tábua, fazia um buraco e enterrava sem caixão. Ficava o cadáver se putrefazendo. Não queria ter vivido naquele tempo, acrescenta o guia, antes de perguntar a um dos estudantes: — A sua pessoa queria?

— Não, responde o ruivo, fazendo menção de vomitar.

— As mulheres que ficavam sentadas no assoalho, durante a missa, acabavam doentes. Já no século XVIII, as autoridades proibiram sepultamento na igreja. A ordem não foi cumprida, e o Cemitério da Consolação só foi inaugurado em 1858. Nas terras da Marquesa de Santos.

— Marquesa de Santos?, exclamam os estudantes em uníssono.

— É, e o guarda aponta o túmulo.

Possível que a Marquesa esteja enterrada neste cemitério? A única brasileira que foi célebre por ter sido amante. Se a palavra *amante* não existisse, ela teria inventado... O túmulo é mesmo dela: "Jazigo perpétuo dos restos mortais da Marquesa de Santos e Viscondessa de Castro... doadora das terras deste cemitério."

O guarda conta a história de que ele certamente mais gosta: — Vendo Domitila na cadeirinha, Domitila de Castro Canto e Melo, o imperador se apeia do cavalo e elogia a sua beleza. Os escravos baixam a cadeirinha que o próprio Dão Pedro depois levanta. "— Vossa Alteza é forte", diz ela assombrada. "— Para servi-la", responde o imperador.

Foi o mais tórrido dos romances. "A tua coisa", escrevia Dom Pedro nas cartas. "A tua coisa entre as tuas pernas... inseparável do teu corpo." O imperador também quis ser um tampão. Como o príncipe Charles. Que Dona Leopoldina se danasse. A imperatriz? Ora... Dom Pedro não queria nem saber. Só queria a Marquesa de Santos.

— Nesta mesma rua, continua o guarda, está o nosso Luís Gama, o maior abolicionista.

A ênfase me faz enxergar a carapinha do homem e a cor mulata de sua pele.

— Luís Gama nasce na Bahia. 1830, filho de um branco e de uma africana livre, Luísa Mahin. Luísa se envolve em mais de uma insurreição... é presa e deportada para o Rio. Luís fica com o pai. Um branco que de pai não tem nada. Depois de dilapidar a herança, negocia o filho no cais do porto e faz dele um escravo. "— Você me vendeu, pai?", o menino pergunta antes de embarcar. Da Bahia para o Rio e daí para São Paulo, num lote de escravos. Sessenta negros pertencentes a um só traficante. Sobe a Serra do Mar a pé e vai até o interior de São Paulo andando. Ninguém quer comprar Luís Gama. "Escravo da Bahia, nunca. São todos rebeldes", e Luís fica servindo na casa do traficante. Lava, passa, engraxa... Até que um dia, nessa mesma casa, ele conhece um estudante de direito e aprende a ler. De analfabeto a poeta, jornalista, líder abolicionista.

— Sendo filho de mulher livre, era livre também, diz um estudante.

— E quando, em 1871, a Lei do Ventre Livre é aprovada e o escravo já pode comprar sua liberdade, Luís Gama compra a liberdade de muitos negros. Inclusive a do meu tataravô... Sim, a do tataravô deste que vos fala, Zé, diz o guarda, com a empolgação de quem faz um discurso.

Luís Gama reencarnou em Zé, que fala por ele e está tomado. Não há como interrompê-lo. O jeito é procurar sozinha o túmulo do pai. Sigo ou volto para a capela? Na rua 15, há anjos e há cruzes. Vasos em cima das lápides não há. Visita só no dia dos mortos. E o asfalto todo remendado... Como nas ruas da cidade. Vou pela 11. O túmulo do governador... Mármore, como só podia ser, um anjo que chora e uma coluna circundada por um cortejo de vestais. Panateneias. Quem disse que São Paulo não é grega? "Sou Itália, sou Líbano e sou Grécia... Se quisesse, eu traria a frisa do Partenon. Até o mar eu já pensei em trazer."

Rua 5. Curioso. Por que será que eu estou de novo na mesma rua 5? Direita ou esquerda?

— Vem... vem aqui.

A voz agora não é de Jacques.

— Aqui, repete a voz, que é de homem e é irresistível.

— Oh! Não vos recuseis, Senhora! Peço-vos apenas uma horinha de vossa vida. Que é, afinal de contas, uma hora?

Tomo o rumo da voz, que continua: — Você então voltou para esta República Federativa, cheia de árvores e de gente, dizendo adeus? A bosta mental sul-americana. Continuamos sob a completa devassidão econômica dos políticos e dos ricos. São todos uns vendidos. Mas diga, foi no *Rompe-Nuvens* que você veio?

*Rompe-Nuvens?* Trata-se do navio em que o personagem de Oswald embarca para a Europa. A voz só pode ser dele.

Imóvel e sem saber de onde vem a voz respondo: — Eu voltei de avião. Mal cheguei, embora já esteja aqui no cemitério. Desembarquei hoje de manhã.

— O cemitério é um lugar ótimo. Pode crer. Nenhum morto é um usurpador. E não há injustiçados. Quem foi vítima de uma grande injustiça, como eu, sabe o que isso significa.

— Que injustiça?

— 1929. Quando, num só dia de 1929, eu perdi tudo, os que se sentavam à minha mesa iniciaram uma campanha de desmoralização contra os meus dias. Criou-se a fábula de que Oswald de Andrade só fazia irreverência, e uma cortina de silêncio tentou encobrir a minha ação. Aqui no cemitério, eu estou muito bem. Não tenho saudade de nada. Ou melhor, só das mulheres.

— Foram onze, não é?

— Felizmente, São Paulo é uma zona neutra e foi possível me exercitar na caligrafia dos povos liberados, a caligrafia sexual.

— Zona neutra porque você é homem. Não sei de que liberdade você fala.

— Sabe, sim. Você nasceu aqui. A liberdade de transformar o tabu em totem.

— Só vejo isso no carnaval... Joãosinho Trinta.

— Quem?

— Você está desatualizado. Até eu, que moro no exterior, sei quem é Joãosinho Trinta.

— Pode ser que esteja desatualizado.

— O carnavalesco Joãosinho Trinta fez do Cristo uma alegoria. Para o desfile das escolas. A igreja tentou impedir a entrada do carro alegórico no Sambódromo. Sabe o que ele aprontou? Cobriu o Cristo de alto a baixo e fez entrar. Cobriu com um pano negro. O povo delirou. Era tabu. Virou totem. Mas isso é lá no carnaval. Acabo de encontrar aqui na porta do cemitério uma índia que apanhou na escola por não saber português. Nesta zona neutra, é proibido falar tupi-guarani... Acha mesmo que não há tabu?

— Não disse que não há. Disse que temos a liberdade de transformar o tabu em totem. Seja como for, a questão continua sendo *tupi or not tupi*.

— Verdade. Deveríamos falar o tupi além do português. E também o nagô e as outras línguas africanas. E as línguas da imigração, o italiano, o árabe, o japonês. Não se trata de ser isto ou aquilo, mas de ser isto e aquilo... A palavra de ordem é incluir. Só assim eu entendo o seu manifesto.

— Qual deles?

— O *Manifesto antropófago...* Aprendi com ele a gostar dos canibais.

— Canibais não, antropófagos... O canibalismo é coisa lá do europeu, que comia carne humana para se saciar ou para se curar. Os médicos inclusive aconselhavam a beber sangue humano. De preferência quente. Até o século XIX, os carrascos ganhavam a vida vendendo partes do corpo do criminoso. O canibalismo não tem nada a ver com a antropofagia. Os tupis não comiam carne humana para satisfazer a fome.

— E por que, então?

— Por respeito ao morto e à sua família. A antropofagia era um rito de amor. Os índios consideravam o enterro uma prática horrenda, bárbara mesmo. A ideia do cadáver apodrecendo na terra era insuportável para eles. Sei do frio que senti quando fui enterrado. Que umidade! Teria sido melhor que comessem o meu cadáver.

— O quê?

— Claro, eu não teria me apegado a este lugar, a esta terra onde o meu corpo se desfez. E agora eu talvez estivesse em Paris.

— Nem morto você se cura da saudade de Paris?

—Nem morto. Não posso esquecer os anos que lá vivi com Tarsila. Um luxo a minha caipirinha num figurino Paul Poiret. Trabalhou com Léger. Conhecemos Cendrars, Supervielle, Cocteau... Nem morto eu me esqueço de Paris. Até porque eles aqui quiseram desqualificar a minha obra. São Paulo me consagrou com o seu silêncio. Paradoxalmente.

— O fato é que ela te consagrou. *Tarsiwald...* Sempre me impressionei com esta palavra, que você inventou para se fundir com Tarsila. Vocês continuaram amigos, apesar da separação. Gosto do seu modo de se referir a ela: "Tarsila é o maior pintor brasileiro." Os homens em geral...

— Para, para aí. O que tem o poeta a ver com "os homens em geral"?

— Nada, claro.

— Tarsila pintou em brasileiro. Ninguém penetrou a selvageria da nossa terra tão bem, o bárbaro que existe em nós... Tarsila sempre me inspirou. E o *Abaporu* é dela...

— O que significa *Abaporu*?

— *A-ba-po-ru*, o homem que come o homem, o antropófago. Quando vi aquela figura... pés imensos e a mão sustentando uma cabecinha minúscula, percebi que Tarsila havia pintado o nativo. O que ela trouxe da Europa foi o Brasil. Conseguiu se libertar dos preconceitos com os quais o Ocidente envenenou a nossa sensibilidade e o nosso pensamento. Foi depois de ter visto o *Abaporu* que eu escrevi o *Manifesto antropófago. Catiti, catiti / Imará notiá / Notiá imará / Ipeju. Catiti*, lua nova. *Imará notiá ipeju*, insufla nela saudades de mim. Lua nova, lua nova, insufla nela saudades de mim.

E a voz desaparece. Percebo que estou diante do túmulo de Oswald. Pertence a um desembargador. Um parente? Seja quem for, Oswald não tem túmulo próprio. Só uma placa de mármore branco e o nome. Porque é um escritor...

E Mario de Andrade foi enterrado como? — *Catiti, catiti*, ouço do outro lado da mesma rua 5. E depois, imperativamente: — Vem cá. Hesito, mas atravesso a rua.

— Voltou pra São Paulo?

— Agora eu estou aqui...

— *São Paulo? Muita fome, pouco pão... Miséria, dolo, ferida. Isso é vida?*

Um poema de Mario. A voz só pode ser dele. A bem da verdade, não é estranho. Sempre quis ter encontrado o autor de *Macunaíma*.

— E voltou por quê? Tanto tempo fora...

— Sei que em São Paulo *sarabandam a tísica/ a ambição/ as invejas/ o crime*. Mas eu agora preciso viver na língua daqui, ouvir o *admirabilíssimo ão*, a que você faz referência...

— Reverência... e, além do *ão*, tem o diminutivo. Nós usamos e abusamos dele. Não há coisa melhor do que um café oferecido com a palavra *cafezinho*. O diminutivo brasileiro é ainda mais carinhoso do que o português.

— De onde veio isso?

— Acho que veio do fundo amoroso do negro. *Bodezinho* pra nós ficou *bodinho*, que é uma maravilha. Não existe nada que se compare nos idiomas que eu conheço. Quando a língua portuguesa atravessou o mar e provou a mandioca e o azeite de dendê, aconteceu esta nossa língua que rebola a bola.

— Preciso ouvir.

— Solte o espartilho e relaxe então.

— Que espartilho?

— O da língua francesa, ora. Você não se casou na França? A língua francesa é um espartilho. *Tu as le droit, tu n'as pas le droit.* Sei o que isso significa... nós, aqui, fomos obrigados a nos libertar do português de Portugal. Dos que telefonavam para Lisboa a fim de saber como se escreve.

— Engraçado.

— Só que não foi nada fácil acabar com a submissão aos gramáticos. Tivemos que amarrar a língua escrita na língua falada. Sempre quis dar dignidade à língua que falamos sem pretensão e sem pedantismo. Isso me custou caro. Quem olha o meu retrato, percebe a dificuldade. Cara vincada, não de rugas, mas de caminhos, ruas, praças, como uma cidade. Diante do retrato, sempre tive um vago assomo de chorar. De dó. Porque ele denuncia o sofrimento de um homem feliz. As lutas, os insultos, os erros, as dificuldades, as derrotas sempre foram para mim motivos de tanto dinamismo e superação física que eu esqueci que sofria.

— O sofrimento valeu. Nós hoje escrevemos como falamos. E a Biblioteca de São Paulo se chama Mario de Andrade. Quer mais? Só falta colocar na fachada a sua frase mais intrigante: *Sou um tupi tocando um alaúde.*

— Verdade.

Depois, mais nada. O silêncio do cemitério e eu com o poeta na cabeça... *não posso me sentir negro nem vermelho... me sinto só branco... purificado na revolta contra os brancos, as pátrias, as guerras, as posses, as preguiças e as ignorâncias... me sinto só branco em minha alma crivada de raças!* Mario desconfiou de todas as categorias, prestou atenção nas falas de todas as raças... amou a língua desta cidade de mil e uma línguas.

E o túmulo do pai? Entro numa rua, saio, entro noutra e reencontro o guarda com os estudantes. O homenzinho me dá um sorriso como quem diz "Você de novo?". Será que ele pode me indicar o lugar onde está o túmulo da família? Não, ele não pode parar, começa outra explicação.

— Aqui, a sua pessoa pode admirar a arte funerária. O pai em pé, a mãe sentada com a cabeça apoiada no braço, os cinco órfãos. Uma família árabe, como se vê pela inscrição. São tantas as línguas, neste cemitério, que eu perdi a conta! Sei que a imigração dos sírio-libaneses começou em 1895. Sei por uma senhora libanesa que vem sempre aqui... traz flores para o túmulo do esposo. Me contou que os primeiros imigrantes eram todos sírios, porque o Líbano não existia.

— Sírios com passaporte de turco, diz um estudante barbudo, interrompendo o guarda. — A Síria fazia parte do Império Otomano e os sírios imigraram por isso. Meu avô veio para não ter que servir o exército turco. Veio e depois, aqui, por causa do passaporte, foi chamado de turco. Pior ainda, de *come-gente*. Ia vender mercadoria nas fazendas e o povo dizia: "— O turco, o come-gente chegou." O avô era estrangeiro e foi confundido com um canibal... era estrangeiro numa cidade em que todos, com exceção dos índios, são. Mas quem chegou primeiro chamou quem chegou depois de *canibal*. Onde quer que você esteja, nos quatro cantos do mundo, o desconhecido é o selvagem.

O guarda, que não quer perder o fio da meada, retoma a palavra.

— Foi depois da Segunda Guerra Mundial que nasceu a República do Líbano. Por sinal, existe em São Paulo uma avenida chamada República do Líbano. Muitos imigrantes vieram com a ideia de trabalhar uns anos e voltar. Voltaram? Estão enterrados aqui, vários neste Cemitério da Consolação. Os túmulos são suntuosos. Ali está um. Do dono de uma tecelagem. Olha o industrial com os operários. Tudo de mármore.

No Líbano, o industrial talvez tivesse sido vítima de um massacre... poderia ter sido enterrado numa vala comum. Isso não ocorre a mais ninguém. O Líbano foi esquecido. Só ficou um sabor do Oriente, além da saudade do futuro. São Paulo tem essa eterna saudade. Será que eu estou aqui por isso? Deve ser.

Inesperadamente, um mar de velas brancas acesas no chão, garrafas vazias com uma rosa vermelha, caixas de fósforo e bitucas de cigarrro. O território da Pombagira será? Uma vela preta embaixo de um crucifixo... Só pode ser o lugar dela. A Pombagira dança para descasar os casados e casar os amancebados. Archote de resina na mão, fitas coloridas no punho e moedas de ouro no decote do vestido vermelho. A Senhora da Sedução.

— Ontem foi dia de pedido, diz um moreno esbelto de meia-idade. Supostamente um funcionário. "— Me traz o homem que apaga o meu fogo", é o pedido que ela mais ouve, a Pombagira. Hoje à noite, ela recolhe as oferendas e faz os trabalhos. Aqui mesmo. Se o caso não é de sedução, também cura.

— Cura quando o marido morreu?

— A morte não existe, dona. Foi só passamento. Se o espírito do marido desencarnou, a Pombagira ensina as palavras e o espírito reaparece. Se for preciso, acende o círculo de pólvora e...

O moreno roda o dedo no ar para mostrar o que faz a Senhora da Sedução. Depois, gira de olhos fechados e de braços abertos, batendo os pés como se a terra fosse um tambor. De repente, para e diz: — Assim, é assim que ela dança. Até virar fogo.

— O senhor já viu isso?

— Aqui mesmo no Cruzeiro das Almas. Já vi muita coisa neste cemitério. Até uma mulher que encontrou um bom partido. Mais de um, por sinal.

— Que história é essa?

— Eu era muito jovem, não era coveiro ainda, e ela veio falar comigo. Perguntei por que estava sempre presente nos enterros. "— Porque o cemitério é um ótimo lugar pra encontrar um bom partido, moço." Vinha paquerar durante o sepultamento. Imaginou? Acabou encontrando um senhor de uns sessenta anos. Passados três anos, trouxe o senhor morto. Num conversível, ela, que só tinha uma lata velha.

Enterrou o cara e voltou a paquerar. Conquistou um industrial que ela também enterrou. Os dois estão no mesmo túmulo. O último encontro com essa mulher foi triste, sepultei embaixo dos dois maridos. Com emoção de coveiro, ou seja, sem emoção nenhuma.

Por que ele me contou a história? Para insinuar que eu posso encontrar um marido aqui no cemitério? Que os oportunistas também morrem? Que a sepultura é o fim de todos? Coveiro estranho... Umbandista. Nega a morte, mas sabe da vida. Por isso, diz que o espírito volta. Fica mais fácil suportar a perda. Fosse católico, diria que o homem morre e ressuscita. Num caso e no outro, a religião ameniza o sofrimento. A crença é natural. Quem não acredita, pena mais.

Um mausoléu que poderia ter sido construído pelo Martinelli... Deve ter uns vinte metros de altura! Foi construído pelo Conde Matarazzo. Um era comendador e o outro, conde, mas, para os dois, quanto mais alto melhor. Quem imigra precisa arranhar o céu. Coitado do conde… ergueu o mausoléu para o filho, acidentado e morto. O rico também padece... Não como o pobre, que deixou a Itália porque ela não era possível. "Plantamos e ceifamos o trigo, porém nunca provamos o pão branco. Cultivamos a videira, porém não provamos o vinho." O rico não chora como quem foi da sua casa até o porto de embarque numa carroça e viajou no porão do navio. A história dele não tem nada a ver com a de quem emigrou para substituir o escravo na lavoura, morar como o negro na senzala e não receber o salário prometido. Pagar o trabalhador? Isso, o senhor do café não concebia. Só pagava descontando as multas e as dívidas que ele inventava. Tradição escravocrata. O colono só podia ter largado da fazenda... como havia largado da Itália. "De ser escravo, chega! Sou mestre de obras, vou para São Paulo. Sou pintor de paredes... sou tanoeiro... sou sapateiro de meia-sola e sola inteira... sou engraxate. *'Ingraxotere. La moda di Parigi!'* Posso ser jornaleiro, cocheiro ou aguadeiro, vou para a cidade. Acender um lampião, ser um *lampionaro*... um *remaiolo*, barqueiro do rio Tietê. São Paulo, todos para São Paulo!"

Nada a ver com a história do Matarazzo, que já migrou para ser industrial... um grande industrial. No dia da sua morte, até o comércio fechou as portas. Uma verdadeira multidão seguiu o enterro, da mansão na Paulista até o cemitério. O féretro no carro funerário, as coroas enviadas pelas grandes famílias e as carpideiras que soluçavam, derramando torrentes de lágrimas, entre outras mulheres silenciosas que andavam crispadas. Adeus, conde! Adeus! São Paulo inteira se converteu naquele dia à tradição do Mediterrâneo. Os paulistas se vestiram de preto e até as árvores trocaram o verde pelo cinza das oliveiras.

Meio cemitério e eu não encontro o túmulo do pai. O guarda, que não pode parar onde está? Vou fazer uma última tentativa de falar com ele. Não se encontra muito longe. Rua 35, tão concentrado como previ.

— Ramos de Azevedo fez o nosso Teatro Municipal, uma réplica da Ópera de Paris. Porque ele estudou na Europa, na Bélgica. Também foi ele que fez muitos dos palacetes da cidade...

— Os palacetes todos eram imitados da Europa, comenta o barbudo, interrompendo de novo o guarda. — Uma mentira com rabo de fora...

— Mentira com rabo de fora por quê?, pergunta o homenzinho, desconcertado com tanta irreverência.

— Porque no palacete não havia nada que fosse nosso, explica o barbudo. A começar pelo projeto, uma cópia do palacete europeu. Mobiliário todo importado: cadeira Luís XV, Luís XVI. Quanto mais Luís, melhor. Objetos comprados na França, na Itália ou na Inglaterra. Tapete persa. Uma salada russa. Tudo para o proprietário mostrar que, além de rico, ele era refinado. "O que Paris tem, São Paulo tem." Inventaram inclusive uma constelação da Torre Eiffel no céu da cidade. Acredite se quiser. Até Notre-Dame nós temos. A catedral da Sé é a Notre-Dame de São Paulo. Uma rosácea no centro e duas torres góticas.

— Incrível, diz o ruivo, incitando o colega a prosseguir.

— Tudo o que Paris tem... tudo o que Londres tem... tudo o que a Itália tem... tudo o que a Espanha tem, São Paulo quis ter. O senhor do café fez o palacete dele. Depois, o imigrante fez o seu, estilo andaluz, bizantino, neoclássico, florentino... Na Paulista, o primeiro foi o do conde, o Matarazzo. A cidade mudou. Até porque, com o palacete, surgiu *madame*... Inclusive *bom dia* ela falava em francês. Vestido para *madame* não era vestido, era *toilette*...

O guarda escuta, esperando com ansiedade o momento de voltar à sua função de guia. Aproveito para perguntar baixinho onde está o túmulo do pai.

— Vai pela rua 35 e vira à esquerda na rua 7.

Vou direto. Diante do túmulo, percebo que não parei de adiar o momento de chegar. A comoção me anestesia os pés. Resta sentar em cima da lápide. Me vejo vestida como no dia do enterro. Preto da cabeça aos pés, segurando a alça do caixão.

— Pai? Onde está você, pai? O nome na lápide é o único traço da tua existência...

— Não é o único, Laura. Eu existo na sua memória. Ainda que você nunca tenha vindo me visitar. Os vivos ignoram os mortos. Mais que isso, erguem uma barreira entre eles e nós.

Uma voz depois da outra... e o pai que agora me cobra a visita.

— Você teve a coragem de me ajudar a morrer e não a de vir aqui. Como se você pudesse afastar a morte. Ela anda conosco de mãos dadas. Se não for hoje, será amanhã. A cada minuto, o fio da vida fica mais curto.

— Morrer, pai, não me importa. O que eu não suporto é ter perdido Jacques.

— O apego é uma forma de ignorância. Só quem ignora a fragilidade da vida se apega assim. Deixa de lamentar a morte de Jacques como se ele não fosse mortal... como se você também não fosse. *Eu sou o tenebroso, o viúvo, o inconsolável. Minha única estrela morreu e o meu alaúde traz o sol negro da melancolia.*

— O que é isso, pai?

— O texto de um poeta francês.

— *Inconsolável.* A palavra é essa. E o pior é que eu não pude ajudar Jacques a morrer...

— Nem tudo se pode, Laura. Quem se culpa, se enfraquece. Para de se culpar.

— Mas, pai, eu estou perdida... sem ideia do caminho. Não sei nem qual é o meu país.

— O seu país é o do encontro com você mesma. Está ao seu alcance. Só que você precisa sair da concha em que você se fechou... a concha do luto. Escuta os outros. A tua história não é a única.

— Que outros? Para casa eu não vou. Ser obrigada a receber visitas e ouvir *meus pêsames?* Não.

— Fica na rua. A esta hora não há perigo... Já que você não quer encontrar os conhecidos, anda e escuta o povo da rua, os que nunca são vistos nem ouvidos. Você assim põe os pés no chão e sabe da sua cidade. São Paulo está nos seus moradores invisíveis. Anda,vai.

— A viúva errante...

— Por que não?

A voz se cala. Inscrito em letras douradas, o nome da família cintila ao sol. Ponho no túmulo o vaso de flores destinado ao pai e olho uma última vez para a lápide de mármore negro.

# ERRÂNCIA

Sol a pino. A vendedora de flores já não está na porta do cemitério. Porque é hora de almoço. O sol não a incomoda. O pé-d'água também não. *Tudo que vem eu traço*. E eu, para que lado vou?

Consolação em direção à Paulista. Um fluxo ininterrupto de carros, barulho e poluição. Mas o céu continua azul. Imperturbável. Cabralino. À direita, o muro do cemitério, os túmulos. A calçada da Consolação como pele de crocodilo, fissurada. Porque a rua é de todos e o que é de todos fica ao deus-dará. Só do que pertence a ele o paulista cuida, só da casa...

— Um real, por favor.

Quem pede é uma mulher já bem idosa. Dou? Não dou?

— Pra comer, dona. Eles hoje não trouxeram o meu prato.

— Eles quem?

— Os do bairro.

— Mas a senhora mora aqui?

— Moro. Sempre morei. Desde que me trouxeram do Rio Grande do Sul. Foi um caminhão. Eu era criança... me pegaram na estrada.

— Gosta da rua?

— É ruim, né. Não presta. O pessoal rouba a gente. Rouba o carrinho... a comida.

— Vive sozinha?

— Só vai eu, dona, tenho ninguém, não... fico aqui, olhando o predinho.

— O seu companheiro é ele... o carrinho.

— Levo pra lá, pra cá, é a minha riqueza. Fui no posto comprar uma pilha pro rádio. Não achei. Pena, eu queria ouvir a missa.

— Vai ouvir na igreja...

— Não dá pra levar esses negócio tudo. O padre não deixa entrar com o carrinho. Só pagando o menino que fica do lado de fora.

— Toma o real e vai.

Só o que ela tem é o carrinho, e, assim mesmo, pode ser roubada. Ladrão é ladrão. Se fosse piedoso, não seria ladrão. Para ele, roubar é existir. Para ela, existir é olhar o predinho. A vida é um filme que ninguém quer deixar de ver. Nasceu, não cansa de olhar. Seja rico, seja pobre. A menos que seja budista. Daí, medita dia e noite para desencarnar. Mas ela de budista não tem nada. Vive apegada à vida. Se o padre não deixa entrar na igreja com "os negócio tudo", ela prefere não ir à missa. Ajoelha e reza diante do carrinho, faz dele o seu altar. Se realiza como pode e não sofre. Ensina a só querer o possível. Miserável, sem ser infeliz. Porque sabe se resignar.

Só buraco no chão. A rua não é feita para você andar. E quem está de carro também não está contente. Mão na buzina o tempo todo. De estourar os ouvidos. Dor no estômago... deve ser fome. Um pão de queijo é uma boa. O homem vende, vou comprar.

— Um pãozinho, por favor.

— Com ou sem requeijão, dona?

— Com.

— Tem só três. De uma pessoa que não veio buscar. A essa hora, a pessoa não vem mais. E já era pra eu tá em casa.

— Mas o senhor já ganhou o seu dia?

— Ganhei vinte e oito reais na rodoviária. Trabalhando desde seis da manhã. Aqui na rua, eu não sei quanto.

— O seu trabalho sempre foi esse?

— Não, eu era torneiro mecânico. Até quarenta e cinco anos, fui. Mas tá com nove ano que tô desempregado... Nove ano que eu não consigo nada por causa da idade. Vou fazer cinquenta e quatro em maio.

— Um pão de queijo, por favor, pede um rapaz visivelmente apressado.

O vendedor atende e se volta para mim.

— Vai água, coca-cola ou guaraná?

— Uma latinha de guaraná.

— Duas, diz um homem de pele escura e vasta carapinha, que também compra uma e me pede que dê a ele a lata, depois de beber.

— Com ela o senhor faz o quê?

— Vendo, dona. Vendo lata e papel. Sou catador.

— Sempre foi?

— Desde que cheguei do Rio, faz dezoito anos. Queria conhecer outros lugares, estacionei aqui. São Paulo é São Paulo! Gosto de andar e o Rio é pequeno. Esta cidade é maior e eu ainda não conheço tudo.

— No Rio, o senhor fazia o quê?

— Já fui porteiro em condomínio, vigia em obra, só que agora tá difícil de conseguir emprego. Tão dando preferência a um parente, um amigo... Se eu hoje bater naquela porta ali e não conhecer ninguém, eu fico desempregado.

— Você é casado?

— Solteiro.

— Andarilho tem que ser solteiro.

— Não sou andarilho porque quero... Quem me obriga é a sociedade, que não está nem aí; é o dono da empresa que deixa a empresa na mão do funcionário; é o funcionário que me barra a entrada.

— Você aqui na rua corre risco de vida...

— Assalto, bala perdida, um monte de coisa. Vem um taca uma pedra na nossa cabeça, vem outro... E tá acontecendo um problema grave nesse ramo dos catadores de papel. Tem pessoa catando latinha sem precisar. Trabalha naquele restaurante ali, recebe o salário todo mês e não pensa em quem tá numa situação pior. Tem dono de ferro-velho que tem caminhão e tá catando aqui. Se é dono de caminhão, tem outros meios de ganhar. Catar papel na rua é pra quem não tem nada. Já ganhei dinheiro nesse trabalho, hoje não ganho. Muito olho grande.

— E você dorme na rua?

— Embaixo da marquise. Com um olho no padre e outro na missa, porque tudo pode acontecer. Se algum patrão cismar de fazer uma limpeza na rua, contrata um grupo e dá sumiço na população... Semana passada morreram seis.

— O quê?

— Seis moradores de rua. Foi pancada na cabeça. Barra de ferro. O cara contratado bateu pra matar. No centro da cidade, seis moradores que dormiam juntos. Deviam estar bêbados, porque nenhum ficou vigiando. Precisa ficar, senão morre mesmo. Chacina. Não tem ninguém pra impedir, a não ser Deus. Comigo não acontece... Deus protege Ismael.

— Tomara que continue assim, diz um homem que se aproxima com a mão no olho.

— Que é isso, Bahia?, pergunta Ismael.

— Um soco do Bofe. Pediu dinheiro pra pinga e eu não dei.

— Quer um pãozinho?

— Quero. Desde seis e meia da manhã puxando essa carroça...

— O senhor também é catador de papel?, pergunto.

— Papelão, ferro... não tem mais papel na rua, não. O prefeito tirou. Casou com a puta americana e inventou esse negócio de cooperativa, de coleta, de não sei o quê... de reciclagem. Agora, não é todo dia que a gente consegue ganhar. Depende da sorte. Tem dia que ganha cinco, dez, até cem real... Às vezes, não ganha nada. Ontem mesmo, eu não ganhei, fiquei o dia todo sem comer.

— E você tem família?

— Filho e neto pra sustentá, dois neto em Salvador... O nosso governo, quero dizer, o governo deles lá, porque meu não é, não faz nada e nem vai fazer. Não tem presidente, governador, prefeito... ninguém faz nada pelo Brasil. Dez anos que eu deixei Salvador. Já fiz de tudo nessa vida. Só nunca roubei. Faço o que for preciso pelos menino. Se eu ganhar dez real, cinco é meu, cinco é deles. Se eu não ganhar nada, nada é meu e nada é deles e eu agradeço a Deus.

— O senhor fica em São Paulo por quê?

— Porque é mais fácil. Se não tiver trabalho, chega no restaurante, azoa e eles dá comida. Quer tomar cachaça, chega prum cabra desses, rapidinho eles dá o dinheiro.

— O senhor mora na rua?

— No depósito de papel com toda a humilhação. Já tô prestes a sair e voltar pra rua de novo, é mais vantagem pra mim. Aqui fora, a gente ganha de tudo, lençol, cobertor... Passa um dá comida, acha que é mendigo, aí dá.

— E o frio?

— O frio é o de menos! Enche a cara de cachaça, passou o frio. Se conseguir amanhecer, fica vivo. Se não conseguir, amanhece morto...

— E a chacina?

— A senhora quer mesmo que eu fale? A polícia tinha que prender esses cabras, amarrar num poste e chamar os moradores de rua pra cada um tirar uma lasquinha, isso é o que eu acho. Cada um com sua faquinha arranca um pedaço e dá um cutucãozinho. Que é pro cabra sentir a dor da morte.

— Vingança?

— Exatamente, dona.

— Você deve ter saudade da Bahia...

— Mas fazer o quê lá? Ficar sem trabalhar eu não posso. Aqui, eu puxo minha carroça, ganho dez, cinquenta, cem... Eu agora vou descer a Rebouças. Depois, subo de novo, pego a Santos, desço pro Ibirapuera. Daí, vou vender no Glicério, tem que subir uma ladeira e descer outra.

— Deus!

— Precisava pegar o presidente, o governador, o prefeito e botar eles numa carroça com trezentos quilos, fazer eles puxar. Pegar taxista que não gosta da gente, mete o carro em cima, e botar numa carroça. Que é pra ele ver o quanto dói! Principalmente subindo ladeira. O motor da carroça é as forças, a comida que a gente come, mas eles, não, o motor deles é só apertar o acelerador e vuuuuum! o carro vai embora.

— Vuuuuum, repete Ismael, antes de Bahia se despedir e eu também.

Ismael saiu do Rio para conhecer outros lugares. Estacionou em São Paulo... dezoito anos na cidade e ele não conhece ninguém. Queria correr mundo, é obrigado a andar para sobreviver. Risco de bala perdida, pedra tacada ou pancada definitiva. E nem o direito de catar ele agora tem. Bahia não queria correr mundo, só migrou para sobreviver. Corre o risco de morrer por causa da reciclagem...

A calçada da Consolação está quase deserta. Subo olhando o comércio de lustres e abajures. Lustres Icamiaba, Luminárias Igapó... *Icamiaba*, *Igapó*, tupi-guarani. Não sei o que significa. Nem eu e nem o japonês do bar, que vende quibe, esfirra, pizza, croquete, cocada. Um antropófago brasileiro, come e vende de tudo, engoliu o Líbano, a Itália, Portugal... Não está nem aí com a repulsa dos primeiros imigrantes japoneses... não suportavam a comida e até morriam de disenteria. Já vai longe o tempo do *Kasato Maru*, o navio em que os imigrantes vieram do Japão. 1908. Vieram comer o pão que o diabo amassou. O governo brasileiro temia que eles quisessem construir aqui o Império do Sol Poente. Talvez até quisessem... O governo mandou prender, fechar escolas, queimar livros... "Escrito em língua nipônica? Só pode ser subversivo. Queima." Prenderam, fecharam, queimaram... Mas pior foi o que aconteceu quando o Japão perdeu a guerra. Os japoneses se dividiram entre os que não acreditavam na derrota e os outros. E o *kachigumi*, o vitorista, matou o *makigumi*, o derrotista. "Ousa dizer que o Japão perdeu a guerra e o batalhão do vento divino vai te levar uma carta de suicídio cívico, uma faca e a bandeira imperial do Japão... Você se mata honrosamente, haraquiri, ou te mato eu." Vinte e três derrotistas morreram. Não foi mole. Hoje, ninguém mais fala disso. O japa do bar decerto nem sabe. Ninguém lembra de nada. O moço do cemitério que sabia tanta coisa devia ser estudante de história ou de arquitetura, sei lá.

*Kachigumi*, *makigumi*, *haraquiri*, o que eu quero é um copo d'água. Entro no bar, mas o japa não me vê. Só está para o outro japa com quem ele conversa. Brinquinho na orelha, calça meio caída e o traseiro exposto. Possivelmente, nenhum dos dois quer saber dos antepassados, e, na língua japonesa, eles só sabem dizer *arigatô*. Já nasceram comendo feijão com arroz e dançando samba. Devem estar falando do próximo carnaval. Aqui, eu não vou ser servida. Melhor desistir.

O vendedor de fruta também vende água mineral. A goiaba está viçosa.

— Uma goiaba e um copinho, por favor.

— Pra já, dona.

Ele me serve e um rapaz pergunta se tem abacaxi gelado.

— Tem não, moço. Não dá pra pagar dez reais por dia de gelo. E se a fatia não estiver geladinha, ninguém compra. Tem goiaba, quer?

O rapaz simplesmente vira as costas e vai embora.

— Gente assim me dá saudade do Recife.

— E o senhor veio de lá por quê?

— Não tem como viver no Recife, não tem emprego. E se você tem uma mercadoria, ninguém compra... não tem dinheiro. Aí, precisa correr pra cá, é a única saída. Em São Paulo, a pessoa vende uma coisa, vende outra, arruma um trocado. O duro é quando a polícia leva a mercadoria... carrega até o carrinho. Deviam cobrar imposto do vendedor. Mas preferem tomar tudo e tem muita gente que vai indo, vai indo, cansa e parte pra violência. Não consegue trabalho, vai fazer o quê? Tem que roubar.

— Sempre foi vendedor de fruta?

— Não. Já fui operador de máquinas pesadas... trabalhei até no Iraque. Onze meses e vinte e quatro dias. Aí, quando venceu o contrato, eu voltei. Agora, não consigo mais emprego... tão exigindo muito estudo. Quando cheguei do Iraque, estava ganhando cinco mil reais...

— Como era no Iraque?

— Bom, só que o povo não se mistura. Eles aqui fica junto com nós. Nós lá não fica junto com eles. Onde tem iraquiano, a gente não entra. E lá não pode ficar na rua à toa. No Iraque, roubou, eles arrancam o braço, serram a mão... Aqui, o cara rouba, vai na delegacia, é cem conto de fiança e ele sai pra fazer a mesma coisa. Tudo errado. Se sair a prisão perpétua, eu aprovo. Porque tem muita gente que quer fazer maldade... é roubando, é estuprando, é sequestrando e matando criança. Que prazer tem a pessoa de roubar e matar? Isso não leva ninguém pro céu. Eu não tinha muita bronca, peguei depois que fui roubado. Tava na padaria, comprando cigarro. O cara quis me matar de faca. Corri pra fora, mas ele me seguiu, me roubou e me furou. Por sorte, o rapaz da farmácia me socorreu. Fui parar no hospital... No Brasil é assim. Gostei muito do Iraque, porque lá pode andar com a bolsa aberta, ninguém pega nada. Aqui, se dormir no ponto, os caras levam até o sapato.

— Sou pela prisão perpétua, diz uma loira que espera ser servida ouvindo o vendedor. — Quem foi sequestrado, sabe o que é ladrão.

— Você foi sequestrada?

— Fui, pouco tempo depois de dar à luz. Estava chegando de carro em casa com uma amiga quando vi dois rapazes embaixo de um guarda-chuva. Chovia sem parar. Achei que fossem os dois guardas da rua. Parei em frente à porta e eles sacaram a arma. Ai! Quando vi aquela coisa apontada pra mim... Não sei que arma era, mas era grande e brilhava. Cada um ficou de um lado do carro e disse: "— Desce! Vai pro banco de trás." Levaram a gente pra perto da minha casa, um vão horrível, uma rua sem saída. Fiquei com mais medo ainda. Nessa época, aconteciam coisas estranhas no meu bairro... houve mais de um estupro. Minha amiga tem dezoito anos, e eles perguntaram a idade dela. Ouvi a pergunta e me disse que eles não podiam achar a gente bonita. Baguncei o cabelo com a mão. Esfreguei o batom com os dedos e a boca ficou torta, desfigurada. Sorte que eu não estava com decote nem minissaia. Daí, naquela rua sem saída, eles falaram: "— Esvazia a bolsa no banco." Eu tinha algum dinheiro, uns oitenta reais, a Vera devia ter vinte. "— Vocês tão com cartão de crédito?" Respondi que não sabia. "— Não sabe? Você tem que saber." Procurei e achei. Pegaram o talão de cheque e o cartão de crédito... Pediram os dados do cartão e foram até o *shopping* mais próximo. Tentaram tirar o dinheiro e nada. Louco de raiva, o que dirigia o carro saiu levando a Vera e eu fiquei no estacionamento com o outro. Dez minutos e o louco voltou, xingando a minha amiga de tudo quanto era nome. "— Esta vai morrer, uma tonta, quase bloqueia o cartão." Aí, os dois queriam ir embora e não achavam o recibo do estacionamento. A cena foi horrível. "— Cadê o recibo? Cadê, merda?" Até que o mulatão falou: "— Não sei como vou tirar esse carro daqui. Mas eu vou sair. Nem que eu leve a guarita junto. Se o guarda me seguir, eu mato as moça e depois me mato. Pra cadeia eu não volto. Prefiro morrer." Por sorte, nós passamos. Seguimos pra outro *shopping*, tirar dinheiro de novo. Só consegui sacar cem reais e os dois ficaram putos. "— Vocês tão fazendo a gente de bobo." Ameaçaram nos matar. Foram gritando conosco até a Raposo Tavares. De repente, eles frearam. "— Some já daqui. Some." Saímos correndo. Foram as piores duas horas que eu já vivi. À noite, o corte da cesariana doía, doía. Passou uma semana e eu ainda estava assustada. Passou um mês antes de poder sair de casa. Agora, passou um ano, e, quando chove, eu ainda me fecho em copas.

— Uma goiaba, por favor, diz um menino escuro de olhos verdes. Com o pedido, o vendedor se lembra que está na rua para trabalhar e eu sigo em frente.

Um foi furado de faca por nada, a outra foi sequestrada e correu o risco de ser assassinada por uma merreca. Entre o dinheiro que tinha na bolsa e o que sacou do banco, não dá duzentos reais. Morreu de medo de ser estuprada. Safou-se dissimulando a beleza. Só pode querer a prisão perpétua. Ninguém merece esta cidade. Para viver aqui, é preciso não escutar e não ver. Ser cego e surdo.

Na frente do Cine Belas Artes, um garoto me interpela cantando:

*— Minha amiga, meu irmão, dá uma força, cidadão*
*Aceito um cheque ou um cartão*
*Qualquer vale-refeição*
*Minha bala é tão boa*
*Pra ajudar minha coroa*

*Me paga um cachorro-quente*
*Compra que só custa um real*
*Veja o moleque de bolsa na rua*

*O moleque da bolsa, bem ali*
*O cobertor na mão pra poder dormir*

*A cidade está difícil*
*Faço* rap *ou improviso*
*Sou da rua*
*Veja só como é que tá*
*Minha família sumiu*

*Hoje em dia eu já trabalho no Brasil*
*Veja a evolução do moleque vendendo bala*
*Vivendo do trocado da população*
*Se o tempo tá difícil*
*Eu faço* rap *ou improviso*

Não se deixa abater. Um resistente do *rap*. Como a menina das pelóticas ou o menino sujo que me chamava de tia, à mercê do trocado da população. Só vive para o presente. Do futuro, nenhum deles sabe. O jeito é comprar a bala. Faço isso, pedindo que ele cante mais.

— E você me ajuda a comprar uma roupa? Pra arrumar emprego.

— Custa quanto?

— Dez reais. Estou na rua porque perdi minha mãe.

Dou o dinheiro, e ele canta de novo.

Atravesso a Consolação pelo subterrâneo. Concreto grafitado de ponta a ponta. Cores vivas evocando o carnaval, religião nacional, como dizia Oswald, representado no túnel ao lado de Tarsila. *Tarsiwald.* Mario de Andrade também está. Uma homenagem à Semana de 22. Pensar que jogaram ovos nos modernistas! Mas dá para entender. Nenhum tinha papas na língua. *Eu insulto o burguês!/ O burguês níquel/ O burguês-burguês/ A digestão bem-feita de São Paulo.* E Mario de Andrade também disse que tinha medo de escrever bonito demais. *Sempre enfezei ser eu mesmo. Mau, mas eu.* O que importa é que eles, agora, estão aqui. Consagrados!

Dois minutos e um vendedor de joias, penteado com um rabo de cavalo e cujas mãos exibem vários anéis, me chama:

— *No quieres um brinco*? Mistura de espanhol e português, portunhol.

— Você é argentino?

— Refugiado político. Nasci em Buenos Aires, mas moro há trinta anos em São Paulo.

— Você então gosta daqui.

— São Paulo tem tudo. Mas quem pode usufruir? Só quem é rico, os outros penam numa cidade racista, preconceituosa.

— Pior do que na sua terra...

— Não dá para comparar Buenos Aires com São Paulo. Lá tem violência, tem pobreza, mas aqui é miséria mesmo. Você lá não vê tanta gente mergulhada no lixo, procurando comida. Na Argentina, as pessoas eram perseguidas, porque estavam envolvidas na luta política. No Brasil, porque são pobres.

— Você tem saudade de Buenos Aires?

— Não, fui muito bem acolhido aqui. São Paulo acolhe melhor o estrangeiro do que o brasileiro. Ninguém me chama de "baiano". Sou "o argentino", sou Guilhermo.

— Mentiroso, você é baiano. Mentiroso, repete uma mulher negra de carapinha branca, que está numa cadeira com a perna apoiada num banquinho. Além de inchada, a perna tem um abscesso do tamanho de uma laranja. Depois de falar, faz uma careta e cospe no chão.

— Quem é?, pergunto para Guilhermo.

— Ninguém sabe ao certo. Um dia ela diz que se chama Maria. No outro, Patrícia. Depois, Fernanda.

— Mentiroso. Sou Maria, dona.

— De onde?

— Daqui mesmo, de lugar nenhum.

— Lugar nenhum?

— Daqui mesmo, eu já disse. Minha mãe bêbada tomando cachaça com o macho dela. Aqui era um mato. Aí, pariu eu. Aí, eu vim morá aqui.

— No túnel, embaixo da terra?

— É. Porque eu sou uma condenada do presidente. Sou brasileira.

— Condenada por quê?

— Não sei, vá perguntar ao governo. Ele é que sabe, o vereador, o deputado estadual, o deputado federal, o senador da república...

— E você fica aqui o dia inteiro?

— Não vê essa perna queimada? Ó, tá fedendo...

— Tem que ir no médico.

— Não tem médico. Você me dá o dinheiro ou compra o remédio. Foi esse homem que me queimou, diz ela, apontando para o argentino.

— Mentira dela.

— Isqueiro e ferro quente na minha perna... Isso é queimadura, não é eczema, não pense. Vai na farmácia, traz o remédio e uma atadura. Daí eu amarro e pronto.

— Vou levar a senhora para o hospital.

— Não vai, não. Sai daqui, diz ela, rangendo os dentes e já levantando o braço para me bater.

Só me resta sair do túnel.

Maria talvez se apresente como vítima de um ato violento para causar pena. Aqui, não basta ter um abscesso supurando na perna. Necessário ainda que ele tenha sido provocado por uma crueldade. Do contrário, ninguém para, ninguém vê e ninguém ouve. Todos cúmplices da mesma paixão da ignorância. Um dia, o circo pega fogo. Um dia, as legiões do ódio vão se mobilizar. *Quem com ferro fere, com ferro será ferido.* Ninguém escapa. Mario de Andrade diz que a paciência é o sexo do povo. A paciência até pode ser a nossa vocação profunda. Só que, hoje, muito mais gente come o pão que o diabo amassou. Além disso, tem televisão e internet.

Saio do túnel na esquina da Consolação com a Paulista. O mesmo céu azul e uma roda de gente na praça onde a avenida começa. No centro da roda, um homem de idade, descalço e sem camisa, se agita dizendo: — O presidente falou que ia acabar com a fome. Acabou? A fome continua, a doença... Passe este sabonete na pele e não tem mais farmácia.

Mostra o sabonete e depois promete dar um salto mortal.

— Agora eu vou saltar. Com a minha idade e tudo. Disse que ia, vou... eu não engano ninguém. Quem levou o sabonete, obrigado. Quem não levou, obrigado também. Quando tiver dor, vai se lembrar deste velho de setenta anos. Nunca foi ao médico, nunca teve doença, louvado seja Deus! Vou agora e quem levou, levou, quem não levou... Senhor meu Deus, meu pai, guarde a minha entrada e a minha saída, não deixe eu recuar.

Ele dobra as pernas, se joga para trás e dá uma cambalhota. Como se tivesse 15 anos. Depois de aplaudido, continua: — Setenta anos. Nasci lá em Fortaleza. Fui de circo e ainda sou. Do grande circo da rua. Compre o sabonete, passe na pele e não tem mais farmácia. O sabonete do Joá, do meu avô de Aracati. Compre que eu vou embora, a companheira e eu. Vinte anos juntos, entre tapas e beijos, tamos aí. A companheira é tão forte quanto eu... é o sabonete do Joá. Não me orgulho de ser forte, dou glória a Deus. Ando na corda bamba aos setenta porque não quero procurar comida no lixo. Saí de Fortaleza com dez anos e até hoje nunca pedi um pão pra comer. Graças a Deus e a São Paulo, o melhor lugar do mundo. Se não me deixam trabalhar num ponto da cidade, eu trabalho noutro. Me formei no circo e nele estou. Veja a minha carteira de trabalho. José Mota sou eu.

Corre o risco de se esborrachar, mas, se não se arrisca, não vive. Com a destreza, ele vende o sabonete do Joá. Com o sabonete, ele sobrevive e continua na corda bamba. O impossível para ele não existe. A dor também não. José Mota é um iogue. A Índia é aqui.

Olho a avenida só de prédios e de carros nos dois sentidos. Uma extensão sem fim. São Paulo sempre quis ser infinita, e a Paulista já nasceu com vocação de símbolo. Surgiu com o palacete copiado da Europa. Cômodos e mais cômodos e um só banheiro. Um só num país tropical! E os donos do palacete comiam arroz e feijão num serviço de mesa com o monograma da família. De porcelana, claro. Formavam-se com a revista *L'Illustration* e não concebiam a existência sem o sarau e a literatura estrangeira. Vocação de papagaio. Tudo soava a dinheiro e a prestígio... Os imigrantes rivalizavam, exibindo a sua riqueza e sequer imaginando que as suas casas seriam demolidas pela geração dos filhos.

Atraída pela infinidade de barraquinhas, volto para a esquina da Consolação com a Paulista. Uma delas vende "chapéu contra estresse".

— O que pode ser isso?, pergunto.

— Massageador. Experimenta, dona, é um chapéu de aço que massageia o crânio. Vem do Oriente. Só não vendo quando o fiscal não me deixa trabalhar.

— Porque é proibido?

— Infelizmente. Quando eles chegam, a gente tem que sair correndo com tudo. Se não, eles recolhem. Já fiquei sem a mercadoria e sem dinheiro pra recomeçar. O ideal é estar com o serviço registrado.

— E você não tem registro por quê?

— Até hoje não deu. Moro longe. No Jardim das Rosas. Saio de casa às seis e chego às oito e meia. Quatro da tarde eu vou embora.

— Quase oito horas no trabalho e cinco no trânsito!

— É ruim demais, dona. Duas horas e meia de pé dentro de um ônibus...

— Você vai e volta de pé?

— É. Cansa mais do que o trabalho. O Jardim das Rosas é depois de Santo Amaro e não tem metrô até lá.

— Sai daí, Bento, diz um menino que se aproxima correndo. — Leva essa mercadoria, os fiscais já aprontaram com o Josenildo, eles estão logo ali.

— Ali onde?

— Na Haddock Lobo.

Mais do que depressa, Bento dobra a toalha com os chapéus, amarra as pontas e faz uma trouxa. Pega a mesinha e some. Sigo até a Haddock Lobo.

Indignado por ter perdido a mercadoria, Josenildo, um mulato corpulento, protesta: — Se eu estivesse vendendo droga, tudo bem, mas é camiseta de futebol... O filho da puta do fiscal levou todas, mas não faz mal... amanhã eu ponho o meu varal de novo. A camiseta pirateada é a que o brasileiro pode comprar. E o pior é que o fiscal levou pra vender.

— E por que você vende camiseta pirateada?, pergunta uma repórter da televisão, que faz uma matéria sobre a Paulista.

— Não é todo mundo que pode pagar cento e cinquenta reais por uma camiseta, diz Josenildo.

— Como foi que você entrou nesse negócio?

— Cheguei da Bahia sem nada. Ou vendia ou roubava.

— E você não tem medo de ser preso?

— Preso por que se eu estou trabalhando? Se fosse droga, aí sim, eu teria medo. Mas camiseta eu vendo até na porta da delegacia.

— Você compra e vende sem nota, burla o fisco na cara de todo mundo... A lei é que está errada?, conclui a repórter sarcasticamente.

— Não forço ninguém a comprar... Fica tudo aí exposto. Se o cliente perguntar o preço, a gente fala. Se quiser comprar, a gente vende. No Brasil inteiro é assim. Do Oiapoque ao Chuí. Daqui eu não saio, daqui ninguém me tira. Dois anos vendendo camiseta e os meus filhos todos estão na escola. Os quatro! O pai não teve estudo, mas os filhos vão ter. Aqui é a cidade do dinheiro, o lugar onde você consegue sobreviver. Lá na Bahia, não tinha como. Nasci na roça, bem no mato mesmo, entendeu? Agora, estou em São Paulo para ficar. E o trabalho que tiver eu faço.

— Moça, diz para a repórter um rapaz que também quer aparecer na televisão. — A pirataria não vai acabar nunca. Quando acabar, o desemprego aumenta. Devia liberar logo isso e proibir a venda de coisas importadas... dar emprego para o brasileiro, e não para o americano, o chinês.

— Disso aí mesmo que nós precisamos, confirma um homenzinho atarracado. Também ele quer aparecer.

Extenuada, a repórter vira as costas e vai embora. De que adiantaria continuar se todos dizem a mesma coisa? Só vivem porque são criativos, verdadeiros artistas... Nenhum quer saber de uma lei que não quer saber deles. E, se Bento for para a cadeia, sai diplomado no crime. Josenildo idem. Qualquer preso é um bandido em potencial. Poderia não ser? Uma prisão que é um campo de concentração. Espaço? Três homens por metro quadrado. Banheiro? Não existe. Um saco plástico para defecar. Roupa? O calor do corpo do outro para se aquecer. Seja ele aidético ou tuberculoso. Dente podre? Arranca com um prego e um sapato. Julgamento? No dia de São Nunca. E o preso fica entregue a uma polícia que mata mais do que as outras todas juntas.

Era pobre, vai para a cadeia, vira bandido. Acaba encontrando o homem que chega e diz: "— E aí? Você que não existe. Você que só aparece quando a casa desaba ou é alagada. A solução, meu amigo, é a Multinacional do Pó, ela paga e protege. Você está vivo, mas, se bobear, morre. A polícia mata. O pó é a tua única esperança. A Multipó é uma empresa com métodos ágeis de gestão. Se o funcionário vacila, é jogado no micro-ondas. A morte, para nós, não é um drama cristão, é um presunto diário. Se o funcionário executa a tarefa, é premiado. Sobe na hierarquia. Nós somos ajudados pela população das favelas, por medo ou por amor. Somos formigas devoradoras, escondidas nos vãos da metrópole. Nossas armas vêm de fora, nós somos globais. Até foguete antitanque nós temos... pra acabar com a gente, só jogando bomba atômica. Com o meu dinheiro todo, a prisão é um hotel. Que polícia vai queimar a mina de ouro que eu sou?

Quem cheira pó se torna cúmplice do traficante. Olhar de drogado, entre parado e perdido, não vê mais nada, deixa estar a cidade como ela é, e o rio como sempre foi. O rio do fim do mundo, onde o peixe boia morto e o pássaro que mergulha sucumbe... o rio da desesperança.

Atravesso a Paulista entre pessoas que só olham para o outro lado da rua. Todas apressadas. São quatro horas da tarde. Não comi quase nada. Preciso de um sanduíche. Por que não o Conjunto Nacional? A essa hora, talvez não esteja mais lotado.

— Laaaaaura!

— Carlos!

— Você aqui em São Paulo?

— Quem é vivo sempre aparece. E você, como vai? Sua poesia?

— Completamente esquecida. Estou acabando uma tese infinita.

— Mais uma? Aqui ninguém escapa... todo mundo é doutor.

— Com o doutoramento, é mais fácil receber convites para falar da poesia.

— Que ridículo! Precisa ser doutor para ser reconhecido como poeta... Haja conservadorismo. Você vai defender essa tese infinita onde?

— Em Letras, na USP.

— Na Gloriosa? E o tema qual é?

— Magia negra, bruxaria... Escolhi um tema sobre o qual ninguém trabalha. Assim, a defesa é mais fácil. Estou indo na Livraria Cultura procurar um livro que fala sobre a recepção de *Les champs magnétiques* na França.

— Breton...

— Breton e Soupault, o primeiro texto de escrita automática. Foi publicado em 1919 e todos os jornais franceses comentaram. Uns a favor, outros contra, claro. O fato é que o ambiente lá era propício à inovação, o contrário daqui. Até 1950, em São Paulo, não se admitia nada que não fosse acadêmico. Na primeira Bienal, a burguesia ficou escandalizada com a arte abstrata.

— Só que a Semana de Arte Moderna é de 22. Tarsila, Mario de Andrade, Oswald...

— O movimento modernista também foi conservador. Foi eminentemente católico. Mario de Andrade censurou o erotismo na poesia.

— E daí? Escreveu o *Macunaíma*. Mais livre do que o "herói sem caráter" não existe... Macunaíma não estava nem aí com o orgasmo, com o gozo obrigatório. O que ele queria era brincar e inventar "artes novas de brincar". Quanto a Oswald, ele brincou e mais brincou.

— Hmm... Mas Oswald escreveu uma trilogia catolicíssima, com arrependimento e conversão no final.

— Só que de católico ele não tinha nada. Nas *Memórias*, ele diz que só comungava no colégio para os amigos terem notas boas... era uma forma de comércio com Deus. Oswald teve a coragem de falar abertamente do próprio homossexualismo... da paixão por um colega que ele nunca conseguiu levar para um "passeio solitário" no Ipiranga.

— Engraçado...

— Queria uma liberdade impossível aqui. Preferia a Europa, porque o amor lá não era pecado, não havia sanções pelo "crime" de adultério como no Brasil, onde um cara matava a esposa a facadas e era absolvido por unanimidade.

— Matava e continua a matar. Sempre em nome da defesa da honra. Uma defesa que só pode ser invocada porque a sociedade aprova a vingança. Lembra do cantor que assassinou a esposa?

— Não.

— *Não sei se te aliso ou te piso/ Se te enjeito ou te aceito/ Se me vingo ou te toco no olho da rua...* A canção dele foi um sucesso. A ponto de ser considerado "o novo ídolo das Américas".

— Que história!

— Enquanto a honra masculina depender do uso que a mulher faz do próprio corpo... Hoje tem uma homenagem ao Oswald no Teatro Uzina. Por que você não vai?

— O eterno Uzina?

— O eternamente moderno... Às dezenove horas. Vai lá que a gente se encontra. Eu agora preciso ir. Até.

Carlos está em forma. Mais doido do que nunca. Tese sobre magia negra. Só mesmo um poeta ousaria isso. A magia é a raiz da poesia! Os primeiros poetas foram os xamãs, os bruxos tribais... Sorte ter encontrado um amigo. Só com o amigo a gente pode conversar livremente, falar o que quer. E este julgamento histórico anunciado em todas as manchetes de jornal? Compro um jornal. A banca do Conjunto Nacional está vazia. Já os bares estão repletos. O que fica no meio da galeria é o melhor. Dá para comer no balcão. Não vai demorar.

— Um misto-quente, um suco de laranja e um café, por favor.

— Com ou sem creme?

— Sem.

A moça vira as costas e eu abro o jornal.

"O julgamento de José João Branco é hoje. O juiz era o chefe da quadrilha que a Operação Jiboia pegou. Acusado de peculato e corrupção passiva. Vendia sentenças para absolver empresários, contrabandistas e doleiros. Além dele, há mais três juízes envolvidos, gente da polícia e da Receita Federal. Branco declarou que é mais fácil Bin Laden ser absolvido por uma corte americana do que ele pelo Tribunal Regional Federal."

Cada uma! Mas qual será a punição? Seja qual for, o Branco não vai para a cadeia, vai para a suíte do Estado-Maior. Prerrogativa de juiz. Mesmo quando é acusado de formação de quadrilha, peculato e corrupção, goza de proteção especial. Sempre viveu na impunidade e vai continuar.

O café do Conjunto deixa muito a desejar. Pensar que São Paulo foi a capital do café! Ninguém mais se lembra, claro. Verdade que o fazendeiro era um escravocrata. Mas não é por isso que ele foi esquecido. São Paulo nunca abriu mão do escravo, substituiu pela empregada doméstica, que tem poucos direitos e sempre foi culpada de tudo. Até de difundir a peste "por causa da roupa mal lavada".

Saio entre executivos dos dois sexos, homens e mulheres de terno e pastinha de couro. Todos eles andando mecanicamente. Só pela ginga das mulheres, eu sei que estou no Brasil. Sigo até a Paulista e paro na esquina.

A casa que tem um bulbo em cima ainda existe? Ficava aqui... era a única que tinha sobrado neste trecho da avenida. As outras se foram... demolição, implosão, demolição. O culto do lucro imobiliário ou talvez o culto histérico da insatisfação... Mas a casa do bulbo ainda existe. O homem que vende cartões-postais em frente dela deve saber por quê.

— Bom dia. O senhor sabe por que essa casa não foi demolida?

O homem sorri.

— Foi tombada pelo patrimônio histórico e a família quer preservar a memória do avô. Vão fazer um centro cultural. O arquiteto era de Paris. O estilo é eclético, fora e dentro. Moro na casa há dezesseis anos, sou o caseiro.

— E os cartões-postais?

— Isso é coisa minha. Coleciono pra cultivar a memória da Paulista. Você não imagina os palacetes! Depois da lei do alargamento da avenida, alguns foram demolidos, porque ocupavam o espaço da futura calçada. Outros, a própria família demoliu. Chegava o laudo de tombamento e, no fim da semana, a casa ia pro chão.

— Por que a família demolia?

— Porque vendendo só o terreno o lucro era maior.

— Preferiram o lucro ao passado.

— E o governo, quando tomba, não paga a indenização. Aconteceu na casa onde moro. Dezesseis anos que os donos querem receber e não conseguem. Os outros proprietários da Paulista sabiam que isso podia acontecer. Derrubaram e pronto. A força da grana passou por aqui... *a força da grana que ergue e destrói coisas belas*, canta ele.

— A música do Caetano... *És o avesso do avesso do avesso*... Ninguém definiu São Paulo melhor do que um baiano. Mas agora eu já vou indo.

Só o que importava ao rico era se tornar mais rico. "O passado? Eu tomo o avião e vou pra Paris. A lei? Tombaram a casa, mas eu derrubo. Se me processarem, eu compro o juiz. Há sempre um jeito." E não é para dar ao pobre que o governo não paga o rico. Não paga porque só o que interessa é financiar a próxima campanha, continuar no governo. Compromisso aqui só com as "oportunidades".

Preciso respirar. Por sorte, o jardim fica perto, o Trianon. Atravesso de novo a avenida quando o farol fica vermelho. Na porta do jardim, uma estátua de mármore branco, um homenzarrão de botas com uma arma na mão. Um bandeirante... só pode ser. A placa no pedestal confirma: "Acharei o que procuro ou morrerei na empresa". Qual dos bandeirantes disse isso? Não me lembro. Mas o vendedor de antiguidades deve saber.

— Boa tarde. Você sabe quem é o gigante?

— O Anhanguera.

— Não dá para ler o nome. A placa está quebrada.

— Vandalismo, aqui tem muito... falta de educação, os pais não sabem educar os filhos. Sou filho de sardos, imigrantes italianos, e aprendi a conservar as coisas. Me revolto quando vejo alguém pichando as paredes ou destruindo as estátuas.

— E o senhor sabe o que representa a cena na placa embaixo do Anhanguera?

— Uma cena de luta... Aqui ó, a pessoa tá caída, tá morta... o vandalismo já existia naquela época. O Anhanguera, do meu ponto de vista, foi um terrorista.

— Por quê?

— Pegou uma cumbuca com álcool, tacou fogo e disse para os índios que poria fogo no rio se eles não obedecessem. Quer mais? O Anhanguera aterrorizou os nativos, tapeou os donos da terra. Mentiu como os nossos políticos... Viu como está São Paulo? A cidade está completamente largada. Antes, eu andava aqui sozinho. Hoje em dia, você não anda. Não vou à igreja no domingo, de medo de ser assaltado. Falta lei e falta administração, policiamento. Já fui roubado várias vezes no Centro. A última, na Avenida São João. Ia passando, uma turma me cercou, me fechou, começou a me chamar de gigolô, assassino, cafetão e, enquanto uns me xingavam, os outros me limpavam... Mas, apesar disso, São Paulo é maravilhosa. Aqui tem campo pra tudo. Olha essa Paulista de ponta a ponta, você fica arrepiada de ver os arranha-céus. Não fica? Que potência! Olha esse Masp... Que construção! E a vista do Anhangabaú? Poxa! E o Trianon? Quarenta e seis espécies nativas!

— Um pedaço da Mata Atlântica na selva da cidade.

— Daqui a meia hora começa a visita organizada. O guia é um botânico. Vale a pena.

— Obrigada pela ideia, mas eu antes vou avisar o guarda que a placa está quebrada.

Não pode andar na cidade, não vai mais na missa aos domingos, foi assaltado várias vezes, foi injuriado, e ainda diz que a cidade é uma maravilha... Decididamente, a realidade não muda a fantasia. Por ser a cidade natal dele, São Paulo é necessariamente maravilhosa. Só resta negar que tenha sido roubado e injuriado. Só resta a ele e aos outros daqui. Iludir-se é um imperativo da Hidra. Anhanguera mentia para os índios. O paulista mente para si mesmo.

De pé, em cima do banco do jardim, um cidadão discursa, virando para a esquerda e para a direita, como se estivesse num auditório.

— Os médicos conhecem toda a botânica? Não! Mas é obrigatório conhecer. E como é então que eles passam de ano? Os médicos no Brasil fazem remédio? Não! E como é então que eles são médicos? Quem faz remédio aqui é o laboratório. Sabe por quê? Porque os Estados Unidos querem. Tudo no Brasil é assim! Abre a lata de lixo e olha. Você vai ver as porcarias todas que os Estados Unidos mandam pra cá. Não deram o golpe no mundo? Deram. Antes, existia a homeopatia. O elixir de inhame para o coração. Fiz três anos de preparatório pra medicina, eu sei. Quem quiser trazer um médico formado aqui pra me examinar, pode trazer, eu faço exame de botânica, física, zoologia e química. Não entrei na faculdade porque é tudo chiq-chiq, puf-puf, chiq-chiq, puf-puf. Se pagar, entra. E você não precisa fazer nada. Só chega e diz: "— Quero ser médico". Aí ele: "— Você me compra uma casa." Você compra e depois entra. Tá pensando que é mentira? Tô falando a verdade. E quem precisar de remédio pro coração, fala comigo. Se não funcionar, eu corto o pescoço. Não, eu já tô cheio! Tão pensando o quê? Que eu não sei nada? Sei. Trabalhei num laboratório. Cinco anos. Um dia, o gerente chegou e perguntou: "— Por que você vendeu menos este ano?". No dia seguinte: "— Sabe de uma coisa? Você é um veado. Vai embora". Veado, porque eu falei que era cósmico. Quem não é cósmico? E sabe o que aconteceu quando eu saí do laboratório? Fechou. Fiquei na rua. Quiseram que eu fosse para o albergue. Mas, se você chegar lá depois das dez, não entra. Está certo isso? Parece prisão. De albergue, eu não quero saber. Sempre vivi sozinho. O pai morreu de câncer no pulmão. Uf uf uf uf. Fuma que fuma que fuma. Não quero falar, porque é chato. A mãe morreu porque amarrou as trompas, foi inchando, inchando, até ficar como um balão. Sabe como é a trompa, não sabe? O óvulo desce por ela e se instala no útero. Não é isso? Claro que é. Se amarrar a trompa no lugar errado, a mulher morre. O médico que amarrava matou milhares de pessoas. Médico de verdade no Brasil? Você não encontra. O BRASIL NÃO PRESTA! Tô falando alto. Quem quiser me prender pode... Um dia, eu saí na rua e disse: "— Todos os homens têm bucetinha e todas as mulheres têm pintinho." Tá certo ou tá errado? Tá certo. Vamos acabar logo com esse negócio de puf-puf chiq-chiq, puf-puf chiq-chiq, puf-puf chiq-chiq. *Libertas quae sera tamen*. Mas eu amo São Paulo. Porque nasci aqui, sou paulista, sou lapiano. Os meus avós, os Putini, é que vieram de fora. Vieram de Lucca. E não vamos confundir o nome dos Putini com o nome do Puccini de *Madame Butterfly*. Tenho dito. Até logo.

Lucca de São Paulo. *Se pagar, entra... Se não pagar, não entra*. O pai dele morreu de câncer no pulmão. *Uf uf... fuma que fuma*. Maluco genial. Inventou um *speakers corner* no Trianon. Para denunciar os médicos e a corrupção... dizer que o Brasil não presta, mas São Paulo é diferente. O de Lucca como o da Sardenha apegado à Hidra. Nenhum dos dois pode prescindir da cidade natal. Quem pode? Intocável, porque é mítica. Nascemos todos destinados à ilusão. E agora eu vou falar com o guarda. Depois, faço a visita.

— Boa tarde. Viu que a placa do Anhanguera está quebrada?

— Sei disso, dona. O pedaço que falta foi roubado. O pessoal rouba pra vender no ferro-velho.

Só três pessoas na visita além do botânico, que me cumprimenta e começa a explicação.

— Isso aqui é um pedaço da Mata Atlântica. Mas também há árvores que não pertencem a ela. O caso desta palmeira, por exemplo. Originária da Austrália. Pena deixarem árvores que não pertencem à flora brasileira no parque. Aqui é um pau-ferro. Usado pelos índios para fazer o bodoque. A madeira mais dura do mundo. Também tem pau-brasil, planta histórica, ela deu o nome ao país. Uma árvore que já era conhecida na Europa desde o século XIII, porque existia na Ásia. Aqui, o pau-brasil era tão abundante que os portugueses exportavam para a Europa. O corante vermelho que sai do lenho era muito utilizado como tintura de tecido e tinta de escrever.

— Ouvi dizer na faculdade que o pau-brasil está em extinção, diz uma moça que toma notas.

— Verdade. Infelizmente, está... Mas aqui no parque tem tudo. Veja o jequitibá, uma árvore datada do Descobrimento, também em extinção. Aqui tem jambeiro. O fruto se chama jambo. Esta árvore, que parece um jacaré, é o cedro, a melhor madeira que existe para fazer móveis. Ali, é uma sapucaia. Na verdade são duas, cresceram juntas, como dois namorados. O fruto é um tipo de castanha. Tem a castanha-do-pará, que é da Amazônia, e tem a castanha da sapucaia, que é da Mata Atlântica. Ali está o açaí, que é afrodisíaco. Mais adiante, o jatobá. Vamos lá. Faz remédio com a casca do jatobá, a folha, o fruto. Se perfurar a madeira, sai um líquido que parece vinho. Se armazenar em lugar apropriado, se transforma em licor. Da semente, a medicina extrai um anticoagulante que é uma maravilha. A madeira também serve pra construir casa, cerca, no meio rural. Super-resistente.

— E aquela árvore grossa?, pergunta a estudante, tomando notas incansavelmente.

— Imbiruçu. Lá no interior, o pessoal tira da casca uma fibra, faz muitos artesanatos, além de corda pra amarrar os animais. E tem muita árvore que eu não conheço, espécies cujo nome eu nunca consegui saber. Agora, vamos até o Fauno do Brecheret, a estátua mais bonita do parque. Já esteve no palácio episcopal, mas o bispo não quis, por causa do nu. Acharam que é um desacato à religião. Como o fauno vive nos campos e nos bosques, veio pra cá. Tem corpo de homem, chifre e pé de bode. Aí está… o fauno embevecido pela música que ele toca. Quem quiser tirar fotografia, pode. Amanhã, na mesma hora, tem outra visita. Vou mostrar espécies diferentes. Gostou, pode voltar.

Infelizmente, os bancos estão tomados. Um lê jornal, outro olha calado para as copas, enquanto uma cartomante de olhos azuis lê no baralho a sorte de uma japonesa. Será que ela diz a minha? Só esperar e pagar. Quando a japonesa levanta, eu sento.

— O seu nome?

— Laura.

— Bonito nome... De que signo você é?

— Leão.

— Corta o baralho. Do corte depende a sorte nas cartas.

Faço o que ela pede.

— A primeira carta diz que você é determinada. Mas o baralho também diz que está sem rumo.

— Verdade.

— Você é casada?

— Viúva.

— Corta de novo, Laura.

Obedeço. Ela olha longamente as cartas antes de se manifestar.

— Você tem um filho.

Surpreendida com o acerto, digo que é um moço.

— De que signo ele é?

— Libra.

— A regência é do sol... um futuro promissor.

— E o futuro qual é?

— Isso eu não sei... não posso saber. O baralho só mostra que o seu filho vai viajar.

— O quê?

— Vai. Agora, põe a mão na malaquita, que é a pedra da prosperidade. Na esmeralda, que é a pedra da saúde. No quartzo rosa, que é a pedra do amor. Prosperidade, saúde e amor, Laura.

— Obrigada. Quanto?

— Cinco reais. Já vou indo… o parque vai fechar.

Contei que era de leão e ela me disse: "— Você é determinada." Todos os leoninos são. Até aí, nada de novo. Mas ela adivinhou que eu tenho um filho. Disse depois que vai viajar. Vai para onde? Perder Alex de vista eu não posso. Yves está de olho, mas a mãe dele sou eu.

— Isso, Laura, a mãe é você, que precisa se cuidar.

A voz de Jacques!

— Vai chover. O céu está carregado. Que tal ir para a casa da sua mãe? Ela continua aqui. Perdeu o marido e nem por isso morreu.

Verdade, penso, querendo ouvir mais.

— Perder não significa não ter, Laura. A menos que você tenha se esquecido de nós. O amor verdadeiro é eterno. A morte separa os cônjuges, os amantes ela não separa. Lembra do primeiro encontro? Quatorze de julho… Ilha São Luís. Você me disse que era turista e eu respondi: "— Não, Laura, você é daqui. *Ubi bene, ubi patria.* Comigo você está bem." Saímos pela cidade. Mãos dadas e a certeza de que nada podia nos separar. Ainda que nem você e nem eu soubéssemos por quê. O seu desejo era o meu, embora eu falasse uma língua e você outra. Quando o *bateau-mouche* passou, você disse: "— Uma centopeia iluminada." Não entendi, mas soube que precisava aprender a tua língua para te dar a minha. Aprender você de alto a baixo para que a nossa nacionalidade fosse a do nosso amor. No Châtelet, diante da Vitória, você me surpreendeu com: "— Uma cigana." A palavra em francês é *tzigane.*

Ouvi *cigana* e gostei. Olhei a Vitória e tive a impressão de que ela ia dançar. Na Pont Neuf, o primeiro beijo. Quero mais. Você aproxima o corpo. O meu sexo lateja no teu ventre. Toma, é seu. Já nos entregamos um ao outro. "— Vem." E nós nos sentamos numa das conversadeiras. Ouso acariciar o teu seio. Quero mais. "— Vem, Paris não acaba nunca." Descemos para o cais. "— Vem", e eu te levo olhar as máscaras da ponte — o espanto, o medo, o desgosto, o deboche, a alegria. Você se encosta na parede e eu em você. Fecho os olhos e te beijo e enrolo os teus mamilos na ponta dos meus dedos. Até ejacular. "— Vê o que você faz comigo, Laura?" Você ri e nós caminhamos, ouvindo os nossos passos nas pedras seculares e os passos de outros amantes. "— Vamos para casa? — Vamos?" Sorvi a tua garapa e te dei o meu mel. A partir de então, você passou a ser uma brasileira de Paris, e eu passei a ver a cidade com os teus olhos de estrangeira. O oceano que separava os nossos países não era um empecilho. Não era um país que nós queríamos, eram as paisagens todas que pudéssemos ver juntos, as cores do desejo e o cheiro do prazer. O *sim* era a palavra que você e eu mais dizíamos. Sendo único, cada um de nós era mais de um, sabia se transfigurar. O nosso amor não era impossível como o de Tristão e Isolda. Nós rolamos à luz do sol e à luz das estrelas. Reencarnamos outros amantes, inclusive os que não puderam rolar. Vingamos Heloísa e Abelardo. Celebramos continuamente a transgressão. Você me falou de Bocage e ele se tornou o meu poeta preferido. Só não lemos o *Kamasutra* por estarmos certos de que ele nada nos ensinaria. Cada um de nós era o guardião da liberdade do outro. Por isso nós nos casamos. Você de *smoking* prateado. Festa de casamento no *Train Bleu*. Embarcamos para Cracóvia, rindo de quem vai para Veneza. Queríamos outro romantismo, extremado. Pouco nos importava que a Polônia estivesse em pé de guerra e o cardápio dos restaurantes fosse uma promessa de pratos em falta. Nós nos bastávamos com o que víamos e ouvíamos... as histórias de heróis capazes de enfrentar um tanque de guerra com um coquetel *molotov*. Lembra? A tua presença me brindava com a orquídea mais rara ou com a flor do campo. Nossas águas se encontraram até que nascesse Alex, um anjo que eu mesmo batizei. "— O amor que sabe do humor é o que eu, filho, mais te desejo. Quero que você ame e seja loucamente amado por alguém em cuja presença você possa dizer *Estando, me faltas*." Com o nascimento dele, você e eu fomos rebatizados: mãe e pai. Viver para Alex foi viver para nós mesmos. Sua felicidade foi extrema. Um pequeno outro que também era você. Nascido para o mel que gotejava do teu seio e para o verbo... Você nomeou os seres da terra e os do céu. Depois, também sobre a morte você falou. Disse que nós todos um dia viramos estrela e entramos numa constelação. Eu virei estrela, Laura. A morte foi uma amiga... ela me libertou. Você se esqueceu do hospital? Da minha agonia? A desaparição do meu corpo não é a minha desaparição. A morte não anula a minha existência e não anula o que você e eu vivemos. O nosso casamento, como tudo, estava fadado a acabar. Por que se desesperar? Quem ignora o efêmero da vida não se dá conta da preciosidade da existência. O que conta é isso e o fruto do nosso amor. Além de viúva, você é mãe. Sai da rua, Laura. O dono dela é o Filho do Cão.

# CONSO
# LAÇÃO

— Alex?

— Mãe?

— Eu, querido. Você, como está?

— Normal. Já te telefonei duas vezes hoje.

— Desculpe, Alex, esqueci o celular desligado.

— Então, vê se liga...

— Mas que barulho é esse aí?

— Meu primo está aqui em casa... nós estamos vendo um filme.

— Pensei que você estivesse na casa dele.

— Vim buscar a mala. Vamos passar o fim de semana com Yves no campo. Vovó, como vai, mãe?

— Vovó? Hmm... Vai bem... eu estou quase sem bateria. Amanhã eu te telefono, filho. Prometo. Um beijinho.

Tive que mentir! Era só o que faltava, mentir para Alex. O que é que eu estou fazendo na rua ainda? Desde as seis horas da manhã! Coisa de maluco. Preciso telefonar para mamãe... Dizer o quê? O avião nunca chega a essa hora do dia. Só se eu mentir de novo. Não, agora eu vou ao teatro. Disse a Carlos que ia. Depois eu vejo o que faço.

Os lampadários do parque se apagam e o portão está fechando. Turbante branco e saia de babados, a baiana do acarajé se prepara para sair. O vendedor de frutas também já vai indo. *Mais sucos, mais frutas, mais sabor* na camisa amarela. Um lixo verde na mão. As cores da bandeira. Uma trovoada alardeia chuva. O trópico vai se manifestar. Tenho que ir embora o quanto antes do parque. Árvore caída é o que não falta em São Paulo. Quando chove, melhor sair de baixo.

Ventania na Paulista. O Anhanguera resiste, mas os pombos, que estavam em cima dele, se foram. Encostado na base, um gato preto, que não aguenta outra tempestade de verão, se encolhe. Me aproximo e ele abre os olhos. *Socorro*. Não sei se é ele que pede socorro ou eu.

Não posso levar o gato comigo. Se ao menos o jornaleiro aceitasse ficar com ele... Vai me dizer que estou louca. "Tanta criança abandonada e a senhora querendo salvar um gato? Volta pra Paris, dona. Desiste."

Será que tem guarda-chuva na banca de jornal?

— Vendi todos.

Sem guarda-chuva, é impossível ir ao teatro a pé. Só de táxi. O melhor é pegar um na Casa Branca e ir pela Nove de Julho. Tenho sorte. Na Casa Branca, o táxi me espera.

— Teatro Uzina, por favor.

— Onde fica?

— Rua Jaceguai. Desce a Nove de Julho até a Praça Quatorze Bis e sobe a Manuel Dutra que a gente logo chega.

— Vai dependê da chuva, dona. Ontem foi uma aguaçeira... a cidade ficou alagada. Um carro caiu no Tietê... foi levado para o meio do rio.

— E o motorista?

— O motorista se safou... sabia nadar. Mas teve gente que morreu. Antes de ontem, caíram trinta e cinco árvores.

— Não acredito.

— Caíram... o cupim comeu o tronco.

— Isso tem tratamento?

— Não compensa... Tá vendo ali? A árvore vai cair e não demora.

— Parece uma mãe de santo. Que pena!

Uma rajada fortíssima interrompe a conversa. À direita, o orelhão amarelo balança. As flores se soltam da quaresmeira. De repente, mais nada além do estampido das gotas na capota do carro. São lambadas de chuva. Uma cortina de água vela os prédios da avenida e só o que eu vejo na escuridão são os faróis. Anhangabaú, vale do diabo.

— Daqui a pouco para tudo, diz o chofer.

— O senhor deve estar acostumado...

— Já perdi até um carro na Vila Prudente. Quando chove ali, dá até pra andar de barco! Um metro e meio de água. Um dia, eu entrei com o táxi lotado e o farol fechou... é um farol que demora muito, o carro encheu de água e molhou o motor. Ali mesmo o táxi ficou.

O trânsito não anda, mas a escola de administração está acesa, a Getúlio Vargas. Estava na aula quando soube que ele morreu. "— Um minuto de silêncio pelo presidente do Brasil." Morreu com um tiro no peito. "Deixo a vida para entrar na História." Com o suicídio, ninguém mais lembrou que Getúlio havia sido um ditador. Nem que mandou Olga Benário para o campo de concentração.

O táxi não tem ar-condicionado e o calor é insuportável. Melhor a chuva no rosto do que a janela fechada. Abro e vejo uma árvore gigantesca, peluda como um macaco, galhos como troncos... é uma tipuana, patrimônio histórico da cidade. Boné preto e capa amarela de plástico, uma mulher atravessa a rua com o sapato na mão. Vai ziguezagueando entre os carros.

— Está indo para a escola de samba. Hoje tem ensaio na Vai-Vai, diz o chofer. Já começou. Tá vendo ali?

— Onde?

— No posto de gasolina.

No posto, dois homens dançam capoeira enquanto um terceiro toca berimbau. Faz que vai, não vai, planta bananeira e gira as pernas no ar. Como um leque. Importa que o cenário da capoeira seja o posto de gasolina? Só a dança importa, a Bahia no coração de cimento da cidade.

O táxi enfim entra no Bexiga. Sobe por uma rua de muros grafitados, antigos cortiços em ruínas. Um bairro de imigrantes, que não conta a sua história. Claro. Nem os palacetes resistiram... Só eu mesma para achar que o Patrimônio Histórico devia ter preservado os cortiços todos. Aqui é Nápoles de São Paulo. Basilicata, Speranza, Trastevere... Aqui é Sicília e é Calábria. Nossa Senhora da Achiropita, os calabreses que trouxeram. Íamos à igreja dela todo domingo, minha irmã e eu, assistir à missa infindável. Dia 15 de agosto é a data da santa, que é morena e é gordinha. *Mangia macaroni... mangia.*

O chofer para diante de uma porta azul... cor de arara. Teatro Uzina. A chuva diminuiu. No *banner* que se avoluma com o vento: TEATRO AMEAÇADO DE DESAPARIÇÃO.

Carlos chegou? Impossível saber. Tanta gente! O que nunca faltou nesse lugar é gente. Os índios jaceguai, antropófagos, os bandeirantes, os imigrantes... E o teatro brasileiro nasceu aqui. O Uzina foi o primeiro que encenou Oswald, *O rei da vela*. Uma peça tão moderna que levou mais de três décadas para ser montada. Oswald, que tinha sido ostracizado e morreu com a obra desvalorizada, renasceu das cinzas. A peça foi escrita contra a burguesia paulista, o *burguês níquel* de São Paulo. Oswald trocou o *Penso, logo existo* por um brasileiríssimo *Esculhambo, logo existo*.

A porta azul do teatro se abre em duas. Ao som de *Catiti, catiti*, as pessoas entram e vão ocupando as galerias laterais. A cabine de luz e o camarim se tornam visíveis no fundo. Um teatro como nenhum outro, um retângulo de dez metros de pé-direito e um palco que lembra uma passarela.

Vestido de bata branca, o diretor sai do fundo e atravessa o teatro em direção à entrada. Vai até a porta azul saudando os espectadores e volta, senta no centro. Ato contínuo, três homens se sentam na sua frente e um mulato forte aparece de tanga e cocar, lendo em alto e bom som: "— Se amanhã os meios de produção se unificarem... já não haverá dificuldades em reeducar o mundo, através da tela e do rádio, do Teatro de Choque e de Estádio." Texto de Oswald de Andrade, que também declarou, através de um dos seus personagens: "Viverei na Ágora. Viverei no social! Libertado! Um dia se abrirá na praça pública meu abscesso fechado! Expor-me-ei perante as largas massas...". Viva Oswald, que inspira mais esta realização do Teatro Uzina. Antes do *Manifesto antropófago*, a coletiva de imprensa do diretor.

Primeiro jornalista: Como surgiu a proposta do Teatro de Estádio?

Diretor: Nasceu das peças de Oswald e da contribuição milionária de todos os grandes momentos em que o teatro existiu como arte pública, popular. Carnaval, Futebol, Pop, Maracatu, Bumbódromo, Rock Revolusom... A ideia de um Teatro de Estádio está ligada à reinvenção da nossa arte. O Teatro Uzina vive e sobrevive, há mais de quatro décadas, opondo-se à repressão da ditadura militar e da ditadura financeira atual. Provando que existe o desejo de reinventar uma cultura democrática, anárquica, mestiça, brasileira, universal. Como a cultura helênica, que não era uma cultura nacional grega, mas de mestiçagem dos povos da Ásia, África, Oriente Médio e Europa. A anarquia, a energia criadora, a loucura que existe nas artes orgiásticas populares, também existe no teatro brasileiro. Sua cena fundadora é a devoração do Bispo Sardinha pelos índios. 1554.

Primeiro jornalista: Pode explicar isso melhor?

Diretor: A devoração do bispo pelos índios é a devoração pelo povo brasileiro da cultura simplista, dualista, do bem e do mal... a cultura burguesa. O Teatro de Estádio, como o Sambódromo... são expressões de uma cultura que, graças à sua força erótica, está comendo a cultura dominante, conformista e frouxa. São expressões de um poder humano, trans-humano, que se rebela contra o poder hegemônico e monótono do dinheiro. O Teatro de Estádio aposta numa arte fora dos padrões e das classificações, avessa à linguagem mercantilista.

Segundo jornalista: Onde vai ser implantado?

Diretor: O projeto abrange toda a área não construída ou desconstruída do quarteirão em volta do Teatro Uzina.

Segundo jornalista: Desconstruída?

Diretor: Sim, des-construída, derrubada.

Segundo jornalista: Mas existe o projeto de fazer um *shopping* nesta quadra...

Diretor: Verdade. Quiseram até demolir o Uzina. São Paulo é a falência da memória... cidade da demolição. Agora, querem fazer um *shopping* cercando a sala do teatro, tirando a sua luminosidade natural. Mas nem tudo se pode. O Uzina foi tombado, e a lei não deixa construir a menos de trezentos metros de um edifício tombado. Nada impede, no entanto, a coexistência do *shopping* e do teatro. Um não se opõe ao outro. Não há por que dividir esquizofrenicamente o projeto em dois campos: um de *shopping* e outro de Teatro de Estádio. A origem dos *shoppings* modernos está nos mercados da Índia e da Pérsia, espaços de intensa mestiçagem.

O programa do teatro não exclui o *shopping*, que poderá ser um trans-*shopping*. Queremos um Baixo Bexiga democrático, sem medo, aberto dia e noite, ponto de encontro do ócio, do negócio e da fofoca.

Viva!, grita um grupo de jovens espectadores da galeria.

Terceiro jornalista: E o projeto arquitetônico do Teatro de Estádio?

Diretor: Arquibancada de curvas de nível, esculpidas na profundidade do subsolo, respeitando a inclinação natural do terreno, a colina que desce da Paulista para o Anhangabaú. Um teatro encravado na Terra, abraçando o revolucionário Teatro Uzina, aberto nos dias bonitos para o céu do Trópico ou fechado por uma cúpula transparente, que permitirá ver as estrelas. Além dos satélites e dos aviões. O teatro deve estar preparado para a transmissão televisiva e para as outras mídias. Terá telas arredondadas de projeção, à maneira de um planetário. As arquibancadas e as galerias também serão focos da ação teatral e estas se abrirão para as ruas vizinhas. Assim, a luz do dia entrará nos espetáculos diurnos e a brisa refrescará o local à noite.

Primeiro e terceiro jornalistas: Um verdadeiro teatro tropical!

Diretor: Isso mesmo. Aberto para o exterior, mesmo em suas entranhas. As portas e janelas serão como buracos do Coliseu. Graças a elas, o prédio não será uma caixa preta, hermeticamente fechada. O Teatro de Estádio será o Novo Teatro Varado de Cidade e Luz.

Segundo jornalista: E para concluir?

Diretor: O Teatro, como o Carnaval, a nossa ópera de rua, é um espaço privilegiado da mestiçagem própria à nossa cultura... uma cultura orgiástica, que se alimenta de si mesma e de todas as outras e é continuamente reinventada, não para de se renovar.

Nesse ponto, o espaço é invadido pelo elenco, que entra cantando *Catiti, catiti*. O corpo nu, pintado de vermelho, como o dos índios do Brasil, os atores e as atrizes atravessam saltitantes a passarela, sobem e descem as galerias laterais e vão despir o diretor, que se entrega, sorrindo.

No alto do teatro, o ator-apresentador anuncia: MANIFESTO ANTROPÓFAGO.

O elenco avança em direção ao centro. No papel de Oswald, o diretor, inteiramente nu e de óculos. Tarsila entra de chapéu e *tailleur*, braço dado com Mario de Andrade de terno branco. O resto do elenco, já na função do coro, canta *Catiti, catiti*.

OSWALD, *inspirado*

Só a antropofagia nos une.

CORO, *gracioso*

Só a antropofagia…

OSWALD, *afirmativo*

Só ela nos une socialmente.

TARSILA, *convencida*

Economicamente.

MARIO, *conclusivo*

Filosoficamente.

OSWALD, *shakespeariano*

Única lei do mundo. *Tupi or not tupi, that is the question.*

TARSILA e MARIO, *sutis*
*...that is the question.*
OSWALD, *global*
Contra todas as catequeses.
CORO, *fúnebre*
Contra todas as catequeses.
OSWALD, *ávido*
Só me interessa o que não é meu.
TARSILA e MARIO, *alterados*
Só o que não é meu.
OSWALD, *ardente*
Lei do homem. Lei do antropófago.
CORO, *faminto*
Antropofagia.
OSWALD, *exaurido*
Fatigados de todos os maridos católicos.
TARSILA, *ardilosa*
Os maridos suspeitosos.
OSWALD, *provocativo*
A reação contra o homem vestido.
CORO, *determinado*
Contra o homem vestido.
OSWALD, *sonhador*
Nunca tivemos gramáticas... Preguiçosos no mapa-múndi
do Brasil.
TARSILA, *estirando-se como se acabasse de levantar*
Ai, que preguiça.
MARIO, *bocejando*
Ai!

OSWALD, *inspirado*

Contra os importadores de consciência enlatada. Queremos a Revolução Caraíba. Maior que a Revolução Francesa.

TARSILA e MARIO, *ávidos*

A Revolução Caraíba.

OSWALD, *exaltado*

Nunca fomos catequizados. Fizemos Cristo nascer na Bahia. Mas nunca admitimos o nascimento da lógica entre nós.

MARIO, *conclusivo*

A lógica aqui? Nunca!

OSWALD, *fervoroso*

Contra as inquisições exteriores. Contra as ideias cadaverizadas. Contra o *stop* do pensamento que é dinâmico, nós inventamos a vacina antropofágica!

CORO, *intrigado*

Uma vacina?

OSWALD, *embevecido e triunfante*

O Carnaval.

TODOS JUNTOS, *enlouquecidos*

Carnaval! Vale a carne. Carnaval!

*(Ao som da batucada, dois atores e duas atrizes começam a sambar, formando sucessivamente pares e casais.)*

OSWALD, *entusiasta*

Antes de os portugueses descobrirem o Brasil, o Brasil tinha descoberto a felicidade. A alegria é a prova dos nove.

TARSILA E MARIO, *se abraçando*

Alegria! Alegria!

OSWALD, *realizado*

A realidade sem complexos, sem loucura, sem prostituições e sem penitenciárias... no matriarcado de Pindorama.

CORO, *estourando*

PIN-DO-RA-MA!

O teto do teatro se abre e o céu se torna visível. Há uma só estrela, que brilha tanto quanto o sol. Nus e vestidos, os atores vão gingando buscar os espectadores. Quem pode dizer a eles *não*? Bonitos e sorridentes. O espaço da passarela é o da Terra sem Males, o paraíso que o índio buscava, um sítio onde viveria só para dançar. O espetáculo se converteu num carnaval. Estou tomada. Se não estivesse exausta, entraria na dança.

Ando discretamente rumo à porta azul, que se abre para a rua. Respiro o ar da noite. Cansada, porém contente. Não quero mais saber da tristeza. Chega de ser a viúva errante. O Carnaval me chama, me convida, quero a alegria, a minha tradição, nela eu nasci e me criei. Ser a viúva radiosa, por que não? Vestida de plumas e paetês. Ou nua, como quer Oswald. Sem preconceito. Nunca tivemos vergonha das nossas vergonhas. O que importa é sapatear no ritmo. O Carnaval só mostra a caveira para afastar a morte e exaltar a vida.

Na porta do teatro, minha irmã me surpreende. Me olha e não diz nada. Só *saudade*, antes de me abraçar longa e fervorosamente.

— Você sabe que eu estou aqui como?

— Ora, querida. Achava mesmo que ia ficar em São Paulo sem ninguém saber?

— Mas você soube como?

— Pelo seu amigo, Carlos... Não pôde vir, vim eu no lugar dele.

— E mamãe também sabe que eu estou aqui?

— Não! Depois do telefonema do Carlos, disse a ela que você chega amanhã de manhã. Fui obrigada a mentir.

— Hmm...

— Do contrário, mamãe ia se desesperar ainda mais. Tentou falar com você ontem à noite. Telefonou várias vezes para a França e nada. Você sabe como ela é.

— Ontem? Eu estava no avião.

— Depois, ela tentou hoje o dia inteiro.

— Hoje... não sei exatamente onde estava.

— Tudo bem, você agora está em Pindorama.

— E mamãe, como vai?

— Agora, vai bem.

— Por que *agora*?

— Teve uma isquemia cerebral... uma isquemia temporária, que não deixou sequelas.

— Que drama... era só o que faltava.

— Eu disse que não deixou sequelas, Laura. Vê se não faz drama. Vamos, que o meu carro está mal estacionado. O matriarcado vai cuidar de você.

— Quero dormir... estou faminta.

— Comida a gente improvisa. Depois, você dorme.

— E mamãe?

— Você vai lá amanhã... O avião aterrissa às sete da manhã e você chega às nove e meia na casa dela. Dá para dormir até as oito. Fica tranquila. Brasilina te acorda.

— Brasilina? Não está mais na casa da mamãe?

— Não, ela agora está comigo. Você não sabia?

— Dona Laura!, diz Brasilina antes de bater na porta do quarto.

Será mesmo que ela precisa me chamar de dona? Só o que faltava... foi ela que me criou.

— Sua irmã pediu pra eu chamar a senhora.

— Já vou, respondo, sem nenhuma intenção de sair da cama, apesar da vontade de ver Brasilina. Sem ela, a casa da mãe não existia, a infância. Sem o canto. *Como vai você?/ Vou navegando/ Vou temperando.* Cantava para esquecer da vida e afastar o olho gordo, "os malefícios".

Sua comida parecia feita para o santo. Horas, Brasilina passava horas sentada na mesa da copa, debulhando a ervilha, catando o feijão, o arroz, triando o joio do trigo. Imaginando a beira-mar natal, praia de coqueiros e areias infindas. Às vezes, ficava tão parada olhando os grãos que o próprio tempo parava. Não fosse o relógio batendo a hora, o espaço da copa seria o da eternidade. Olhar fixo, Brasilina via as jangadas e os barcos de pescadores, a "puxada de rede" e os peixes vivos pulando na rede como pipoca na panela. Via as ninfeias se abrirem na lagoa e os pássaros. Admirava o bem-te-vi.

A hora de preparar a comida era a da saudade do vilarejo de uma rua só, de casas geminadas, janelas e portas coloridas, sempre escancaradas "— porque ladrão ali não existe". Uma rua de casas sem número, reconhecidas por estarem ao lado de uma figueira, na frente da fonte ou da mangueira. Para continuar na Bahia, Brasilina vivia em São Paulo como se estivesse no vilarejo. Trabalhava sem pressa e não fazia nada sem prazer. Com ou sem visita, só colocava as travessas na mesa quando estivessem enfeitadas e a comida resplandecesse, verdadeiras oferendas.

— Dona Laura, vai se atrasar, me diz ela agora, insistindo.

— Cinco minutos e eu estou pronta, juro.

Cinco minutos para escovar os dentes, passar um pente no cabelo e vestir a mesma roupa do dia anterior. Assim que eu entro na sala, Brasilina aparece.

— Como vai a senhora?

— *Senhora* não, *você*. Fiquei viúva, mas de senhora eu não tenho nada.

— Laura, viúva… Como pode? A vida é isso. A gente só não perde o que já está perdido, diz ela, baixando os olhos.

— Tão triste por quê, Brasilina? Você também perdeu alguém?

— A mãe, Laura. Vivia na Bahia e eu aqui. Mas sinto falta… Agora, nem mesmo pelo telefone.

— Pena, mas fazer o quê?

— Saudade da Bahia...

— Por que você saiu de lá?

— Se tivesse ficado, ia passar o resto da vida vendendo carambola.

— Como assim?

— Na minha casa tinha uma caramboleira. A gente subia na árvore, tirava as carambolas e saía pra vender. E também tinha um monte de hortênsia... a flor da mãe, ela que plantava.

— A flor dos mortos...

— E a mãe dizia: "— Vai na rua, vê se alguém morreu." Minha irmã ia. Quando voltava gritando *morreu*, a mãe cortava as flores e nós íamos com a cesta cheia para a casa do morto.

— Foi com sua mãe que você aprendeu a cozinhar?

— Ensinava na Sexta-feira Santa, o dia em que baiano mais come. Tem tudo quanto é tipo de comida. Vatapá, xinxim de galinha, caruru, feijão de leite, que vocês aqui nem conhecem... é um feijãozinho bem doce. Tinha todo tipo de moqueca, siri, caranguejo, um verdadeiro banquete... E, nesse dia, não era o sino que batia, era a matraca.

Não fosse o telefonema de Marta, o *Anda logo que mamãe está esperando*, eu continuaria a ouvir Brasilina.

— Você já vai?, pergunta ela quando eu me levanto.

— Ver mamãe.

No táxi, eu já estou com mamãe. Querendo vê-la. Nem sei mais por que demorei tanto. Medo de que a mãe lamentasse a minha sorte? Nunca foi disso... Demorei por apego à infelicidade.

Desço no alto do Bexiga e vou a pé. Céu continuamente cabralino. Na frente do prédio, as alamandas amarelas. À volta, uma grade que não existia — três metros de altura — e uma guarita. Toco duas vezes. Voz de homem.

— Quem é?

— Laura. Vou no sexto andar, mamãe está me esperando.

— Um momento, por favor.

Do lado de fora, contemplo o jardim, lembrando do outro onde de pequena eu colhia bagas cor de cereja. Jardim de cafeeiros, árvores verde-opacas, que circundavam o palacete do avô. De repente, a grade se abre. Automaticamente. Ninguém aparece. Olho o prédio como olhei o jardim, vendo o palacete que já não está. Quebrou quatro tratores antes de ser demolido. Acabou cedendo o terreno para o prédio. Como os casarões todos da Paulista. Só ficou a saudade. "Era uma cópia do Alhambra... ficava no ponto mais alto do bairro. Até o prefeito veio aqui ver o zepelim atravessar o céu da cidade! Tantos anos para construir o palacete... Tão caro! As colunas vieram da Itália. O lustre do salão era como o de Santa Sofia. Uma escadaria em caracol. Feita e refeita sete vezes para acertar a curva. Decorado por artistas italianos, imigrantes que moravam no bairro... a vinha entalhada no estuque, na pedra e na madeira. Tudo se foi." Deixaram demolir o palacete e ficaram com o muro das lamentações.

Nenhum dos elevadores funciona. Subo pela escada. Sexto andar. Quem abre a porta é uma desconhecida. Deve ser a nova dama de companhia.

— Bem-vinda, Dona Laura.

— Bom dia... Mamãe, onde está?

— Na salinha.

Sentada numa poltrona, ela dorme diante da televisão. Com o mesmo eterno pijama rasgado. "— Só gosto deste. Foi seu pai que me deu. Tem outros aí, mas eu não quero." Pernas finas, só veias. O pé torto de quem caiu muitas vezes. "— Importa cair? O que importa é levantar."

Me aproximo em silêncio. A boca aberta, ela ronca baixinho. Sem dentadura. Pegou no sono enquanto me esperava. Bochecha de velha, encovada. A mão, que ela quebrou inúmeras vezes, aponta para baixo. Para a terra ou para a morte? Tão acabada quanto luminosa ao se dar conta da minha presença.

— Laura?, e ela procura desesperadamente a dentadura. Vira o rosto e põe os dentes. Faço de conta que não vejo.

— Bom dia, mãe. Você está linda.

— Você então acha que seu pai não sabia escolher? Diz isso e, de repente, vira os olhos para cima. Sua cabeça pende para trás. Vai desmaiar?

— O que há, mãe?

— Passa. Já vai passar.

Encarquilhada até os ossos, mas linda. Querida, porque faz pouco das aparências. "— Os outros... pouco me importa o que os outros pensam."

— Me dá um copo de água, filha.

Copo de água e a mãe volta à tona, embora permaneça de olhos fechados. Por que não abre? Cega ela não está.

— Você enfim chegou, Laura. Alex está bem?

— Apesar de tudo, está... E você, mãe?

— Eu? Tenho uma alegria profunda. Fiquei viúva, mas o seu pai está sempre comigo, não me deixa. Antes não era assim. Agora, com a velhice... Por isso eu gosto tanto de ser velha.

— O quê?

— A vida antes nunca foi tão doce. Não preciso de ninguém aqui. Já disse para sua irmã que não há razão para dama de companhia. O seu pai nunca esteve tão presente e eu não quero mais nada do que eu queria. A minha missão está cumprida, e, se hoje fosse o meu último dia...

— Chega, mãe, eu acabo de enterrar Jacques.

— O seu marido foi embora cedo... mas o seu pai era muito mais jovem quando morreu. O que importa não é a duração... é o que a pessoa faz. Tem quem dura e não vive nada. O tempo de vida depende da sorte. Viver bem depende de cada um de nós. Vive cada dia como se fosse o último?

Vive bem. Ninguém está aqui para ficar. Veja, quase todos já se foram... o seu pai, meus irmãos, meus amigos. .

— Hmm...

— Quando o seu pai morreu, chorei um dia e uma noite. Depois, parei. Todo dia me lembrava de um lugar em que estivemos e nunca mais estaríamos. Foi assim durante um ano inteiro. Até que, de repente, ele voltou e ficou. O destino tira o que a gente tem. O que a gente já perdeu, ele não tira. Carpideira eu não suporto. Quando o seu avô morreu, contrataram umas velhas de preto, que choravam e contavam a história do morto. "— Veio do Líbano, construiu o palacete, deixou a esposa..." Tudo em árabe. Até o bispo da igreja greco-ortodoxa estava. Que teatro funesto! Chorar, sim; soluçar, não. Interessa mostrar a dor? E para o choro tem um tempo. Lamentar a infelicidade atrai a infelicidade.

— Verdade.

— Já passei por tantas! Aos quatorze anos, fiquei cega de um olho. Percebi um dia que não enxergava mais com esse olho.

Ao dizer isso, ela cobre o lado esquerdo do rosto com os dedos e abaixa a cabeça, como se acabasse de se dar conta da cegueira.

— Foi num jogo de salão. A gente cobria um lado do rosto, depois o outro. O seu pai virou mundo por causa da doença...

Emocionada, ela suspira, antes de continuar.

— Quando vi que o olho esquerdo estava perdido, eu não queria mais me casar. Seu pai me levou no oftalmologista... já era estudante de medicina. "— A sua namorada pode se casar com a consciência tranquila… a natureza é sábia. A infecção atacou o esquerdo, mas o direito ela não ataca." Pois sim! No dia seguinte ao seu nascimento, a mancha apareceu no olho direito. Me dei conta disso ao chegar do hospital. Era como uma mosca indo e vindo, indo e vindo… Seu pai me levou noutro médico. "— Vá com a sua esposa para os Estados Unidos se não quiser que ela fique cega." Vendemos tudo. A baratinha Ford, os móveis, o equipamento do consultório. Até um chapéu verde de seda que eu não tive a ocasião de usar. Compramos um Nash no câmbio oficial e revendemos no câmbio negro. A diferença entre o oficial e o negro, somada ao dinheiro das outras vendas, deu o suficiente para a passagem e o hotel. Chicago… Mayo Clinic. Era o sétimo céu da medicina. Aqui não tinha nada. Me curaram. Antes de sair do hospital, passamos no caixa. Um medo da conta! Se você soubesse! Pois não cobraram nada. "— Esposa de médico não paga!" Comemoramos. O nosso dinheiro era pouco. Na América, só comemos macarrão. Domingo, *meat ball*.

— A mosca desapareceu?

— Está sempre aí, só que eu não percebo. A gente se acostuma com tudo. Eu então não perdi um irmão de vinte e seis anos? Moço, médico, amigo do seu pai. Morreu de nefrite. Cuidei o tempo todo. O seu pai sabia que ele ia morrer. No dia, estava ao meu lado. Quando me dei conta de que a morte significava *nunca mais*, perdi o rumo. Perambulava dia e noite sem comer. Sonhava com ele no caixão e acordava aterrorizada, maldizendo o sonho e a memória, querendo me atirar no chão como um bicho… rolar até perder os sentidos.

Queria morrer. Hoje, eu sei que o tempo tudo sana. Mas, na época, eu não sabia. Não fosse o seu pai... Só não morri graças a ele... ao sopro de vida. "— A hora do seu irmão chegou... precisava parar de sofrer. Morreu, mas ninguém esquece dele... continua vivo de outra maneira. Renasceu na memória. Quem chora, como você, cava para o morto uma segunda sepultura. Calamidade é não se conformar... Você enterrou o seu irmão. Vai enterrar a irmandade? Deixa de chorar e lembra da vida com ele." Quem vive precisa de consolo. A morte está continuamente à espreita. A gente sabe que ela pode chegar. Quando chega, ninguém acredita... Imprevisível sempre. A morte. E a vida também.

Esperei dez anos para me casar. Queria tanto um filho! Engravidei e a criança se enforcou no cordão. O médico auscultava e não ouvia nada. Passou a mão na minha cabeça. Depois, só mandou esperar "até ela sair naturalmente". Não ia nascer, ia sair. Sofri as contrações e não dei a vida, expeli o morto. Foi enterrado numa caixinha. Só me conformei quando você nasceu.

A mãe fica um bom tempo em silêncio.

— Padeci, mas agora são águas passadas. Só o que o seu pai me disse e me escreveu conta... as cartas que ele me enviou do Rio de Janeiro. Ficou seis anos lá... Na ausência, o tempo custa a passar, e quem escreve suspende o tempo. Recebia três cartas dele por mês. Era como se o mês tivesse só três dias. A missiva mal chegava, eu já estava lendo. As cartas são o meu único tesouro. Deixei de acreditar em Deus quando seu pai morreu. Achei que a injustiça foi grande demais. Se Deus existisse, teria me levado junto. O nosso amor era o dos que não precisam se ver todos os dias. Durante anos, nós pouco nos encontrávamos, mas as recordações... Amor, há quem pense que a palavra não tem significação. Sempre que eu pronuncio, é como se fosse a primeira vez... a palavra vem do âmago. Sempre que eu escuto, é a mesma coisa, bate fundo. O seu pai e eu agora estamos juntos. Não tem mais risco de separação. O tempo é todo nosso. Ficamos livres do relógio desde que ele entrou para a eternidade. Mais nada nos ameaça, e as lembranças são tantas que eu nunca me aborreço. Acho até bom escutar e enxergar menos. Me dedico mais a nós dois. Bendigo hoje cada um dos dias da semana, inclusive aquele em que o carteiro não passa. As cartas já estão todas comigo.

— E o pai agora é uma estrela, digo, embora a mãe tenha fechado os olhos. Voltou para o marido. Consola-se. Quem ama não fica só.

Dou um beijo nela e vou até a sala telefonar para Alex.

— Oi, querido.

— Já ia te chamar, mãe.

— Queria ouvir a sua voz... te dizer que sua avó está boa e eu também.

— Saudade... Estou com Yves na casa de campo. Dormi muito e sonhei com o pai me dizendo que me ama... Agora, mãe, é como se ele estivesse aqui.

São Paulo-Paris, janeiro de 2004 a janeiro de 2009

# POSFÁCIO

# ANTÍGONE NO PAÍS DOS TUPIS

## Michèle Sarde[*]

Se é que os textos biculturais existem, como os bilíngues, *Consolação* é um desses textos. Porque se trata de uma lamentação em duas culturas, a francesa e a brasileira.

Por terem vivido o amor, os dois tinham trocado suas raízes: a viúva brasileira de um marido francês volta a São Paulo para encontrar, no cemitério de uma cidade sem vergonha e sem memória, o espírito do bem amado. Importa que ela tenha deixado na França o corpo dele vestido de *smoking* e apontado como uma espada para o leste contra o invasor germânico, ameaça imortal de que o francês da Alsácia queria proteger o filho na eternidade? É no contexto das grandes vozes de artistas brasileiros que Laura consegue enfim distinguir a de Jacques. Uma voz de morto poliglota, que se manifestará para dizer à sua viúva que ela é mãe antes de tudo, que ela é mãe depois de tudo.

O repertório de Betty Milan é suficientemente rico para incluir, num mesmo equilíbrio, a evocação de um amor francês, que acaba num hospital rigorista — onde o que conta "não é aliviar o sofrimento, mas não infringir a lei" —, e a conversa com os mortos brasileiros, obra de magia negra, convocação de manes célebres, que dialogam sem mais à luz do dia de uma metrópole sul-americana.

Porque, se foi a França de Chateabriand, Rabelais e André Breton que o marido francês ofereceu à brasileirinha como presente de casamento, é o Brasil de Mario ou de Oswald de Andrade, com o seu Manifesto Antropófago, que a narradora lhe oferece em dobro. A antropofagia, como ingestão do outro e da sua memória pessoal e histórica, é o viático que vai permitir a esta nova Eurídice, sob a máscara de Orfeu, se perder no reino dos mortos para aí encontrar de novo o seu caminho entre os vivos.

Continuação onírica de *O Papagaio e o Doutor*, que narrava a viagem iniciática de uma jovem brasileira ao país do Doutor Lacan, *Consolação* conta a volta de uma irmã da primeira, depois de ter vivido uma vida na pátria do Doutor e ter gerado um filho. Porque o filho é o laço que une para sempre não somente Jacques e Laura, mas o país dos Tupis ao das Luzes. O filho é, no fio das gerações, o funâmbulo que liga o pai defunto ao marido perdido, a passarela entre o Brasil materno e a França paterna, um vivo, promissor de outras vidas. Quanto ao papagaio totêmico, ele continua presente e ele "diz a sorte".

São Paulo, capital da alegria num Brasil pré-colombiano, que descobriu a alegria antes de os portugueses o descobrirem. São Paulo, capital da dor, acolhe, à sua maneira, a viúva vinda de Paris, a capital da liberdade. Se o Brasil representa a força da vida e da alegria pagã, a velha Europa que a narradora deixa, seria então o antro do declínio e da morte? Não. Porque o romance de Betty Milan não é maniqueísta. Ele é simplesmente aberto para o mundo, um mundo onde é possível chorar e se consolar em várias culturas, onde os mortos falam todas as línguas e as fronteiras entre os poetas são pedaços de parede em ruínas.

No mundo de *Consolação*, os limites entre os vivos e os mortos desaparecem e as linhas de demarcação se apagam. A sabedoria procurada e reencontrada não sai apenas dos lábios inexistentes e sem cor dos que já não estão — o pai, os poetas, o marido —, porém também das bocas esfomeadas dos pobres — mendigos, ladrões e coveiros —, que acordam cedo para viver sua existência miserável, e, no entanto, tão preciosa quanto a dos ricos, que a droga da vida também não poupa. Esboça-se aí o perfil de um Brasil tomado pela violência e pela corrupção, e o país de baixo acaba encontrando o país de cima, porque os mais miseráveis não são os mais infelizes.

Na metrópole tentacular, onde aflições e depravações se multiplicam, os humildes entre os humildes são retratados em sua qualidade única e individual de sobreviventes do cotidiano, heróis da trapaça e da esperteza, que se viram para aproveitar ao máximo, não perder um só minuto da vida. *Consolação* não é só a elegia de uma amante que chora o desaparecido, mas a descida ao inferno da viúva — a obscura, a inconsolada —, ao mundo subterrâneo dos mortos e dos quase-mortos, os sobreviventes da difamação e da despossessão, os pobres seres da rua aos quais o acaso e a boa vontade permitiram ficar fora dos jazigos e das tumbas, ao lado do cemitério.

No entanto, contrariamente à mensagem do mito órfico, a cronista do além e do aquém voltará consolada da sua reportagem. Na necrópole, metáfora do abismo e do império sombrio, ela encontrará a paz. Não por ter atravessado o rio Letes, e sim por ter afrontado a verdade do passado e do presente e ter conjurado os demônios da desesperança. Isso acaso quer dizer que, para se consolar do luto, é preciso voltar a si mesma, à cidade natal, à origem dos ancestrais "turcos", ao pai, embora ele também já tenha desaparecido, à mãe, embora ela ainda esteja viva — ainda e por quanto tempo?

Se a cidade é São Paulo e o lugar é o Cemitério da Consolação, o espaço onírico é o Brasil inteiro, o Brasil contado ao marido morto, que acompanha Laura na sua conversa com os fantasmas. Uma voz a mais no cortejo de poetas e homens célebres que vão prodigalizar a consolação de que ela precisa para não morrer também. Mas é uma voz que se impõe como a voz principal deste concerto de sombras, do qual participa inclusive o pai de Laura, enterrado no cemitério com os outros, na sombra da cidade do futuro.

Porque a modernidade deste novo mundo se sustenta numa ética da demolição e da destruição, onde a cidade não tem dó do que ela devora, onde "só o novo conta". Alquimia de uma mestiçagem incessantemente renovada, cidade antropofágica, mais do que canibal. Cultura que come o homem, mas cospe humanidade. Os pagãos tupis engoliram os jesuítas, os ricos colonos brasileiros absorveram as vagas de imigrantes, inclusive os "turcos", ancestrais de Laura. E ela própria devora, numa língua cheia de ginga, o marido francês — todo apertadinho no seu terno e no seu idioma regulamentado — e lhe administra um português desconhecido na língua de Montherlant.

Assim, a saudade, *leitmotiv* da narração, resíduo intraduzível que constitui o cerne de uma cultura. A saudade ou a nostalgia. Nostalgia de um lugar e depois de outro, nostalgia de um ser e de vários, nostalgia do que a gente não tem mais e nos é restituído através da saudade. Até que este vocábulo se naturalize por si só, sem ter que passar pela máquina da tradução que empobrece a palavra e a banaliza. Não há mais razão para nostalgia quando se tem a saudade. Não há mais razão para sentir a falta de Jacques em carne e osso, porque Jacques existe na ausência e na presença. Correntes de transmissão de pensamento entre a viúva e o filho, o marido e o pai morto, que se tornaram estrelas e velam pelos vivos. Superaram a sudorese e a impotência da agonia física. O espírito deles reapareceu na cidade da ressurreição. Estes dois duplos do Virgílio de Dante conduzem Laura através dos círculos infernais, suas vozes se misturam às dos poetas desaparecidos num hino à alegria e à vida. A vida que só é tão preciosa pelos seus limites.

O que os sábios murmuram é que perder "não é não ter". Perder alguém é uma maneira de merecer a pessoa de novo e para todo o sempre. Perder é uma maneira de o ser aumentar, pois o ser amado se acrescenta a ele e se torna o seu duplo. Por outro lado, não perder não significa ter. Saber que a gente não pode perder de novo o que já perdeu é... *Consolação!* Este livro é um breviário da superação do luto.

Desde a antiguidade, as mulheres são as sobreviventes encarregadas de acompanhar os mortos e lhes dar sepultura. Laura encarna uma Antígone que se lamenta por não ter podido ajudar Jacques a morrer, em nome da lei divina e natural. Porque esta lei, garantindo "uma boa morte", se opõe ao regulamento rígido do hospital francês, que prolonga a agonia dos moribundos interditando o que ele chama de *eutanásia*. Como Antígone, Laura vai reparar o perjúrio em relação a Jacques, ajudando-o a ressuscitar do outro lado do oceano, no cemitério brasileiro da Consolação.

Nesta narrativa moderna e lírica no feminino, os bem-amados mortos são os homens, enquanto as mulheres são as grandes vivas ou sobreviventes. E as mulheres sem homens não são nem viúvas alegres nem viúvas tristes, mas viúvas errantes, à procura de túmulos que lhes falem com vozes familiares, a fim de domesticar a morte que virá buscar cada uma das almas, quando ela bem entender. No frenesi orgiástico do teatro e do Carnaval, Laura se tornará enfim o que ela é, a viúva nua, a viúva radiosa que, mesmo sem Jacques, continuará a fazer da vida uma festa.

Mas a viúva não é a única no espelho, ainda que o genitor já não se reflita nele. Porque é o filho que fecha a dança macabra e abre o baile dos vivos: Laura, filha de sua mãe, ou Alex, filho de Laura. Porque a mãe continua a ser, de uma a outra geração, a sobrevivente, cuja vida é esperar que o duplo do falecido volte para casa e aí fique para sempre... Suprema elegância das viúvas!

Ao escrever este posfácio, também eu gostaria de dizer adeus a Jacques e aos seus duplos e de fazer o luto dos que nos precederam na viagem das trevas, como nos iluminaram na viagem da vida. Agradecer ainda à viajante dos confins, que nos oferece esta consolação universal, através de uma narrativa grave vitalizadora.

*Romancista (*Histoire d'Eurydice pendant la remontée*) e biógrafa, especialmente de Marguerite Yourcenar e de Colette (Prêmio da Académie des Sciences Morales et Politiques), Michèle Sarde é autora de dois ensaios sobre as mulheres na França (Prêmio da Academia Francesa). Bacharel em Letras, Professora Emérita da Universidade de Georgetown (EUA), é especialista em estudos de gênero e interculturais. Foi laureada com a Ordre des Arts et Lettres e as Palmas acadêmicas. *www.michelesarde.com*

Este livro foi composto na tipologia
Times New Roman, em corpo 12/17, e impresso
em papel off-white 90g/m$^2$, na Markgraph.